目次

ヤンデレ王子の甘い誘惑

プロローグ

『結婚』するって、夫婦になるって、一大決心が必要だと思う。

言うまでもなく、どうでもいい人と死ぬまで添い遂げるなんて不可能だ。だからこそ、伴侶は慎重に選ぶ。念には念を入れ、同棲までして結婚前に相手を見極めるカップルだって少なくない。

それくらい、人生においてパートナー選びは、大きな選択ということだ。

同時に、神聖な行為でもある。結婚式が教会や神社など、神様と繋がる厳かな場所で行われる儀式であるのは周知の事実だ。

「何があっても愛し合います」と、これ以上ない真剣な面持ちで見つめ合いつつ、神様の前で誓うのだ。

この人なら自分の人生を預けていいと思える人……本当に愛している人と『結婚』する。

私、吉森凪も、そんな風に考えるひとりだったたし、それが当然だと信じて疑わなかった――今、薄茶色の線に縁どられた用紙にペンを走らせる、この瞬間までは。

「…………」

まだどこか迷いを抱いたまま、用紙の上部に視線を向ける。

『婚姻届』と記されたその部分をぼんやりと見つめていると、胸に信じられないという感情が満ちてくる。

夢のなかにいるときにも似た、現実感が欠如した感覚が私を支配する。

そんな変な感覚のまま、『妻になる人』という項目の真下に、自分の名前をかしこまった字体で丁寧に書き込んだ。

そのとなりには、『夫になる人』の欄が。そこにはすでに、名前が記(しる)してある。

浅野理人(あさのりひと)。

繊細で美しい彼の文字と、自分の丸っこい癖のある文字がこんな形で並んでいるなんて、やっぱり変だ。

「書けた？」

「も、もう少し待って」

向かい側に座る理人に訊(たず)ねられたので、私は慌てて自分の作業に戻る。

「……うん、大丈夫だ」

私が書き終えて渡した婚姻届をチェックしながら、理人が言った。

「これを提出したら、俺たちいよいよ夫婦になるわけだよな」

——夫婦。

彼の言葉に、私の心臓が早鐘を打つ。

そうだ。彼がこの紙を役所に提出したら、私……結婚しちゃうんだ。

理人と結婚する。
理人と、夫婦になる。
「けど、本当にいいのかな」
押し込めていた迷いが、思わず口をついた。私は彼の目をまっすぐに見つめる。
「――私たち、婚約者でも恋人でもないのに……結婚なんてしちゃって」
結婚とは、本当に愛していると誓うことのできる、ただひとりの男性とするもの。
その考え方は変わっていないし、これから変えるつもりだってないのだけど……
ごめんなさい、神様！
偽(いつわ)りの愛を誓う私を、許してください。
――吉森凪、二十五歳。
私は事情により、親友の浅野理人と結婚します！

1

「いったい、私の何が悪いっていうの？」

二杯目のビールを呷りながら、私は深くため息をついた。

まだ残暑の厳しい九月の中旬。今日は、仕事帰りのサラリーマンやＯＬさんがホッと息を抜くことができる金曜日の夜だ。

とある行きつけの洋風居酒屋の個室で、私は久々に旧友たちと会っていた。

「まただよ、また突然フラれたの。今回こそは上手くいくって思ってたのに……」

恨み言のような台詞を吐き出したあと、苛立ちを誤魔化すように、手にしたグラスの中身を喉奥に流し込む。

ビールの弾ける炭酸は、一瞬の恍惚を与えてくれるけれど、私の傷ついた心までは癒してくれない。

「え、凪、またフラれちゃったのー？　かわいそー」

右どなりで唐揚げを頬張りつつ、恋バナ好きの女子高生みたいな口調でそう言ったのは、ゆるく巻いた髪とピンク色のリップが似合う、笹原杏。

彼女はショップ店員という職業柄、いつも流行のファッションに身を包んでいる。

「杏、楽しそうに言わないでよ。こっちは深刻なんだから」

「あはは、ごめーん。だって、学生時代から変わらないんだなーって思って」

甘い声で謝る杏を、私はムッとして睨みつける。

すると、杏の正面に座る落合淳之介（おちあいじゅんのすけ）が、耳の痛いことを言ってきた。

「変わんないなー、凪は。通算何回フラれてんだよ」

「そんなのいちいち数えてたら精神がもたないよ」

即、やさぐれて答える。

淳之介のヤツ、杏と一緒になって面白がっている。

……ふんっ、他人事だからって。

「フラれたのは気の毒だと思うけど……その、いつも相手のほうから別れを切り出されるってことは、何か理由があるんじゃないか？」

「それって、私に原因があるって意味？」

淳之介のとなり――私の真正面に座り、カシスオレンジを舐（な）めるように飲む小嶋大輝（こじまだいき）、通称コジの言葉に、私は不機嫌に答えた。

コジが焦（あせ）った様子で、片手をぶんぶんと勢いよく振る。

「いや、凪に原因があるとかじゃなくて……たとえば、第一印象とイメージが違った、とか」

『いい人』を具現化したような、人当たりのよさそうな顔つきに、ワイシャツを第一ボタンまできっちり留めている彼は、その見た目に反することなく、誰にでも気さくで優しい。

「イメージ、ねぇ……」

そうだったろうか、と考えてみる。けれど――

「そもそも付き合って一ヶ月だったし、お互いまだ素と言えるほどの素を出してたわけでもないと思うんだけど」

週一回デートをするかしないかくらいの距離感だったのだ。別れを切り出すほどのギャップがあったとも考えにくい。

……いや、私が気が付かないだけで、何かやらかしてしまっていたのだろうか。であれば、自信がなくなってくる。

おしとやかかガサツかと問われれば、ガサツ。繊細か図太いかと問われれば、図太い。それが私だ。

一回ずつデートをこなしていくたびに、相手方に「こんなはずじゃなかったー！」なんて思われていたんだとすると……否定できないかもしれない。

「確かにそんな何もないって状況で、突然フラれるなんて、変だよね。凪は別に男の子の前でキャラ作ってないし、表裏ない性格してるのに」

メガネのフレームを押さえながら不思議そうに呟いたのは、武井百合絵(たけいゆりえ)。ちょっと高めで透き通った声は、他のメンバーよりも控えめなボリュームだ。

「百合ちゃんだけだよ、私のことをフォローしてくれるのは」

私は左どなりの百合ちゃんに泣きつく真似をしながら、彼女の肩口に顔を埋める。

サラサラのショートヘアから、柑橘系の果実の香りがした。

百合ちゃんは脱力する私の頭を「まぁまぁ」と宥めながら撫でてくれた。

「凪、元気出してよ。凪が悪いわけじゃないと思うよ」

「百合ちゃん……」

天使だ。今の私には彼女が天使に見える。

他の仲間たちは歯に衣着せない、厳しい意見をぶつけてくるけれど、百合ちゃんの発言は私に希望を与えてくれた。

その優しさに癒されていると――

「それはどうだろうな」

と、斜向かいから茶々が入る。理人だ。

最も辛辣な言葉を投げかけてきそうな男が、ここにいたのを忘れていた。

浅野理人。スーツ姿の淳之介やコジとは違い、黒いギンガムチェックのシャツにジーンズというラフな装いの彼は、ビールで満たされたジョッキを傾け、意地悪げな笑みを湛えながら続ける。

「付き合った彼氏にことごとくフラれてきただけじゃないだろ、凪。お前が好きになって告白した男からＯＫの返事がもらえた確率は、何パーセントだった？」

理人の涼しげな言葉が、忘れかけていた古傷を抉ってくる。

「…………ぜっ」

「ん？　聞こえない」

「……ゼロパーセント」

理人がせっついてくるので、項垂れて答えた。

そうなのだ。

私の男運のなさは、今までの彼氏全員から別れを告げられたという出来事に留まらない。

好きになって告白した相手から、もれなくごめんなさいをされているのだ。全敗という不名誉な経験を思い出し、気持ちがますます暗くなる。

「あー、そういえばそうだったよね～。『また告白失敗した！』って落ち込んでること多かった気がする」

「そのたびにファミレスに連れて行って、みんなで慰めてたもんな」

杏と淳之介が当時を懐かしむみたいに、しみじみとした口調で頷いた。

……思い出したくない記憶の扉が、勝手に開いていく。

「逆にここまで徹底してると、尊敬する領域だよな」

「私だってフラれたくてフラれてるわけじゃないんだってば」

理人がわざとらしく感心したような口調で言うので、私は口を尖らせた。

「っていうか！　理人に言われると嫌味な感じ」

「何で？」

「それを言わせる？」

ちっとも心当たりなんてないと言いたげな彼に、肩を竦めた。

まさか自覚がないわけじゃあるまい。

それとも、本気で疑問に思っているんだろうか？

「だってー、理人なんて絶対勝率百パーセントに決まってるもんね。聞くだけヤボってことだよ～」

訝る私の代わりに杏が答えてくれる。

「天下無敵のスーパーモデルに告白されて、靡かない女の人なんているのかな」

「そーそー。俺たち一般人とは格が違うもんな～」

コジや淳之介も彼女の言葉に深く頷き、「いいなー」なんてボヤいている。

私たちは全員同じ大学の同級生で、なんとなく行動をともにするようになった仲良し六人グループだ。

卒業後も誰かの声かけで必ず集まる間柄。私たちのうち五人は、普通に就職活動をして、普通に社会人になった。だけど、理人だけは少し毛色が違っている。

というのも、彼はプロのモデルなのだ。

大学時代にモデル事務所からのスカウトを受け、理人は男性ファッション誌の読者モデルを始めた。するとその端麗な容姿からすぐに人気に火がつき、雑誌の表紙を飾ったり、某アパレルメーカーのイメージキャラクターやＣＭのオファーが舞い込んでくるまでになったのだ。そして今や、日本人なら誰もが顔を知っている、とすら言えるほどのスーパーモデルとなっている。

「うん。理人くんがＣＭに出てると、私まで誇らしい気持ちになるよ」

汗をかいたウーロン茶のグラスに手をかけながら、百合ちゃんがまぶしそうに理人を見た。

それについては、私も同じように思っている。

テレビや街の広告で活躍している友人の姿を見るのは、素直にうれしい。

まぁ、人気者ゆえに人目のある場所では会いづらくなって、理人が遠い場所に行ってしまったような寂しい気持ちにならないわけではないけれど。

でも、私たち五人は、一様に彼の頑張りを応援しているから、そんなのは微々たる問題だった。

「理人をフるような女の子がいたら、逆に会ってみたいわ」

私は降参をするように両手を上げた。

身内びいきとかではなく、理人は本当に綺麗な顔をしている。

眉は直線的ではあるけれど、ゆるくアーチが掛かっている。二重(ふたえ)の大きな目に、長くて濃い睫(まつげ)。

鼻筋はスッと伸びていて、唇は上下がバランスのいい厚みで弧を描いている。

やや日本人離れしている容貌は、思わずじっと見つめていたくなるほどだ。実際、大学の授業では、彼が座る左右の島は、女子学生で埋まっていたように記憶している。理由は言うまでもなく、彼の横顔を眺めるためだ。

そんな強烈なアドバンテージを持つ彼に、男性からフラれまくるという不名誉なエピソードを突(つ)かれれば、嫌味だと思ってしまうのは致し方ないだろう。

「その割にさ、理人は彼女作らなかったよな」

ふと思い出したように、淳之介が言った。

「あー、そうだよね～。どーしてだろーね？　引く手あまただっただろうに」

どうして、なんて訊ねつつも、杏はまるで何かを知っている風にニヤニヤしている。

「……まあ、あの感じじゃ作れないよね」

杏の顔を見たコジが、ちょっと困ったような表情で笑う。

……『あの感じ』？

「――どう、最近は。芸能人の彼女できたか？」

理人に訊ねながら、淳之介はなぜか私の顔を一瞥した。

それに倣うように、他の仲間も私の反応を窺っている。

私を見たって答えなんて書いてありはしないのに。変なの。

「いないよ、そんなの」

「いーじゃん。内緒にするからさ、教えろって。相手はアイドルか、モデル仲間か？」

淳之介は、面倒くさそうに言う理人の肩をぽんと叩いたあと、耳を澄ますような仕草で答えを促した。

「いないんだって。仕事のことで頭いっぱいで、そんな余裕ないんだよ」

理人は野次馬根性丸出しの淳之介の追及に、きっぱりとそう告げる。

確かに、大学時代から今に至るまで、理人に彼女がいるという話はまったく聞かなかった。

彼女以前に、好きな人の話なんかも、全然。

彼こそ意中の女性がいるなら、すぐに気持ちが通じそうなのに。

いや、通じるに違いない。何といっても、彼は浅野理人――スーパーモデルだ。

もったいない……というのが、率直な感想だった。

「杏とコジ、何か知ってるの？」

理人に彼女がいない理由を知っていそうな二人にそう訊ねてみると、杏が外国人よろしく「さぁ？」と肩を竦めるようなリアクションをした。

「知ってるような、でも知らないって答えたいような……」

「世の中には知らないほうが幸せなこともあるんだよー、凪。うんうん」

「……？」

ふたりの言葉の意味がよくわからない。

当の理人はというと、まるで俺には関係ないとばかりに澄まし顔をきめている。

やっぱりよくわからないけど、まあ気にしてもしょうがないか。

「理人のことなんていーんだってば。問題は私よ、私」

いずれにせよ、ヤツなら本気を出せば秒速でパートナーを作れるんだから。

私はバシッとテーブルを叩いた。その衝撃で小皿の上に置いていた箸が転がり、カランと音を立てる。

「せっかく久しぶりにできた彼氏だったのに、もう、どう立ち直っていいかわからないよー……！」

私の職場は男女ともに既婚者が多くて、なかなかフリーの男性と知り合う機会がない。

そんな環境下、たまたま行った飲み会で連絡先を訊いてきた希有な男性が彼氏――いや、もう元カレか――だった。

三回目のデートで告白され、少しずつではあれど順調に愛を育んでいたはずなのに……

『ごめん、やっぱり凪ちゃんとは付き合えない』

理由という理由も告げられず、青天の霹靂とも言える一言で、私たちの交際は終わった。いや、私にとっては強制終了させられたようなものだ。

何で付き合えないの？　私のこと、好きじゃなくなっちゃったの？

問い詰めたい気持ちは十二分にあったものの、実際にそうすることは憚られた。

どんな理由があったとしても、元カレが最終的に選んだのは私と別れることだったのだから、何を訴えても意味がないような気がしたのだ。

終わってしまった恋愛に縋るより、気持ちを切り替えるべき。

まだまだ恋愛のチャンスは多方にある――なんて自分に言い聞かせてみたけれど、気が付けば私も二十五歳。四捨五入すれば三十歳で、アラサーもすぐそこに迫っている。

構ってちゃんだと思われてもいい。今夜だけは、気心の知れた仲間に、この不幸な私を一生懸命、誠心誠意、慰めてほしい。

じゃないと、地の果てまで落ち込んでしまいそうで怖かった。

「そんなに沈むことないよ」

それを知ってか知らずか、コジが私に励ましの声をかけてくれる。

「そうだよ。その彼氏は、凪の運命の人じゃなかったってだけ。いつもの明るい凪でいれば、きっとありのままの凪を好きになってくれる人が現れるよ」

期待していたとはいえ、コジと百合ちゃんの言葉に救われる。

そうだ、ここまで落ち込むことはないんだ。

私はまだ、この世のどこかにいるであろう運命の男性に出会っていないだけ。

出会うべきその人と顔を合わせることができたなら、この悲しみすら真実の幸せを得るためのステップだったのだと思えるかもしれない。

「そうだよ〜、凪。運命の人は出会ったらすぐにわかるんだから。わたしはジュンに会った瞬間、絶対にこの人と結婚するって思ったもん」

ね――とアイコンタクトを交わしたのは、杏と淳之介。

実はふたりは大学時代から付き合っていて、みんなも公認の仲だ。

どちらかがアプローチをした、というよりは、自然と惹かれあってそのまま……という感じ。彼氏彼女の間柄になって、もう五年は経つだろうか。

卒業や就職を経てもふたりの関係にヒビが入ることはなく、むしろより愛情が深まったようで、昨年からは結婚を見据えて同棲を始めたらしい。

……羨ましいったらない。その幸せ、少しでもいいからわけてほしいものだ。

「じゃあ杏、私に運命の人の見分け方教えてよ。後学のために」

「うーん、そうだなぁ」

杏はミルキーピンクに彩られた人差し指を唇に軽く当てて、考えるような仕草をする。

「ドキドキする気持ちと、一緒にいて安心できる気持ち。両方感じられること、かなぁ」

「ドキドキ感と安心感、ねぇ」

何だか相反する要素な気もする。納得していない様子の私に、杏はアルコールのせいか、ややとろんとした瞳で続けた。

「矛盾してるように思うかもしれないけど、わたしはそうだよ。ジュンにドキドキするけど、一緒にいてホッともできるの。そういう人って、貴重だよ。ね、ジュン？」

「……あんまり恥ずかしいこと言うなよ」

改めて言葉にされて面映ゆいのか、淳之介にしては歯切れの悪い言い方で呟くと、ゆるめのパーマが掛かった黒髪をかいている。

「杏がそういうこと言うからだろ」

「えへへ、照れてるでしょ～」

カップルらしい言葉の応酬に、その場に糖度高めな空気が流れる。

私を含めた他の四人をそっちのけで、お互いに見つめ合ったりして。完全にふたりの世界だ。

「なるほど、そのふたつを兼ね備えているのが運命の人ってわけね」

幸せ全開の杏と淳之介が恨めしくて、私はその甘々な空気を断ち切るように言った。

とはいえ、ゴールイン間近のふたりが言うなら説得力がある。いつか訪れる出会いに備えて、参考にさせてもらおう。

「私、諦めないで頑張る！　こんな私のことでも好きになってくれる人が現れるのを信じて、その運命の出会いとやらに期待してみるよ」

「そういう物好きがいれば、だけどな」

「ちょっと理人！　どうしてまたそういう意地悪言うわけっ？」

やり場のない悔しさから解き放たれ、やっと気持ちが前向きになってきたところだったのに。

「意地悪とかじゃなく、素直な感想を言っただけだけど」

むかっ。私のこと好きになるような男はいないって言いたいわけ？

「物好きとは何よ。私もね、まったくそういう声がかからないわけじゃないんですけどっ」

「で、今回みたいにそのうちフラれるんだろ」

「うっ……」

さっきまでの負のループへと再び突き落とされて呻く。気分は右ストレートを真正面から食らったボクサーだ。

「理人は相変わらず凪に手厳しいよね」

変わってないな――と言いたげにコジが笑った。

理人はどういうわけか、いつもそうだ。

私と彼との仲は、この六人グループ内でもとりわけいいほうだと思っている。学生時代に一緒にいた時間や、現在連絡を取り合う頻度は他の誰よりも高い。性別は違うけど、親友といえる仲だ。

なのに、理人は私に好きな人ができても、応援してくれたことは一度もない。

もちろん、仲の良さゆえに普段から軽口を叩き合う間柄ではあるのだけど……何というか、恋愛系統の話をすると、特に私への態度が厳しくなるのだ。

さらには、私が思いを寄せている人に対して「ソイツのどこがいいわけ？」とか、「上手くいかないんじゃない？」とか、不安を煽るような言葉を投げてきたりして――

「ふーんだ、今に見てなよ。理人がびっくりするような、心身ともにイケメンの彼氏捕まえてみせるんだから。で、『あのときは失礼なこと言ってごめん』って謝らせてやるっ」

「期待してるわ」

「あっ、本気にしてない！」

まったく心の籠っていない台詞は、私の啖呵をさらっと聞き流していることを示していた。

くっ、憎たらしい！　自分には無縁の悩みだからって！

「あっ、そういえば！」

薄いみかんサワー一杯ですっかり酔っ払ってしまった杏が、ふと思い出したように言った。

「凪、わたし凪に紹介できる男の人いたわ」

「えっ？」

私はやや前のめりになって訊ね返す。杏はうんうんと頷いて続けた。

「同じショップで働いてる子の男友達なんだけど、たまたまお店の飲み会してるときに居合わせて、軽く話したんだよね。イケメンだったし優しそうだったし。ちょうど彼女と別れたばっかりって言ってた」

「杏、いいの？」

なぜか百合ちゃんが、ちょっとびっくりした表情で言った。そして理人に一瞬視線を送り、杏に何かを訴えかけるかのようにしている。

「え、だめ？」

「だって……」

杏は大丈夫だと片手をひらりと振った。

「へー、いいじゃん。その人に会ってみれば？」

やや声を張り上げて、淳之介が重ねる。百合ちゃんはやや硬くなっていた表情を和(やわ)らげ、今度は何かを察した様子で大きく頷(うなず)いた。

「そうだね、凪。いい機会だし、向こうが乗り気だったら一度デートしてみるのもいいかもしれないよ」

「デートかぁ……」

相手がどんな人物なのかわからない状態で、いきなり一対一のデート。

本来なら、「見も知らぬ人とデートだなんて正気の沙汰(さた)じゃない！」とか考えてしまいがちだけど……案ずるより産むが易(やす)しという言葉もあるくらいだ。

深くは考えず、とりあえず一回会ってみようかな——。それくらいの軽い気持ちで臨(のぞ)んだほうが、リラックスできて、次に繋(つな)がるのかもしれない。

「うん。杏が紹介してくれるって言うなら、その言葉に甘えちゃおうかな」

まだ躊躇(ちゅうちょ)する気持ちは残るものの、一歩を踏み出さなければという思いで、杏の申し出を受け入れることにする。

「上手くいくといいね」

「ま、せいぜい頑張りな」

ホッとした表情を見せながらエールを送ってくれるコジに対し、理人はやはり小馬鹿にしたように言い放った。

――言ったな。本当に頑張ってやるんだから。

「…………だな」

「え、何か言った？」

心のなかで決意を固めていると、理人が何か呟いたようだった。

聞き逃した私が訊ね返すけれど、理人は「いや」と首を横に振って余裕ぶった笑いを浮かべているだけだ。

くっ、どうせまたバカにでもしたんだ。

「……あれ？」

みんなの顔を見渡してみると、理人の態度とは対照的に、それぞれの顔から笑みが消えていた。

それどころか、ちょっと引き攣っているようにも見える。

「じゃ、じゃあ――凪の恋愛模様に希望が見えてきたところで、飲み直そうぜ――改めまして、かんぱーい」

顔面の硬直を一番に解いた淳之介が、仕切り直す風に声を張る。

「かんぱーい！」

淳之介の音頭に合わせて、私たちは各々のグラスを軽く掲げた。

理人が何を言ったのか気にならないではないけれど、みんなすぐに普段通りのテンションに戻ったから、大したことではないのだろう。理人の私に対する厳しい言葉をいちいち気にしていても始まらない。

それにしても、仲間たちと飲むお酒は、やっぱり美味しい。

私たちはこの日も、学生時代に戻ったかのような気分で、終電近くまで盛り上がったのだった。

2

「えっ、キャンセル？」

「そうなの～、ごめんね、凪。せっかく予定空けといてもらったのに」

電話越しの杏が、至極申し訳なさそうな声で謝っている。

今日は私が荒れに荒れていた飲み会から一週間後の週末。時刻はただ今、午後一時だ。

杏から着信があったのは、遅めの起床のあと、部屋の掃除を軽くすませて、そろそろお昼ご飯にしようか……というときだった。

酒の席での口約束だったけれど、杏は律儀にもその後、件の同僚の男友達と連絡を取ってくれていた。そして「軽く飲みにでも行っておいで！」とセッティングをしてくれた日が、今夜。

ところが今しがた、その男性からキャンセルしたいというメッセージが来たらしい。

「……ちなみに、理由は何か言ってた？」

「えっと、それが……」

言いにくそうに言葉を濁す杏。

「よくわからないんだよね。さっき急に都合が悪くなったって連絡が来て、そこから返信がないの」

「何それ」

「まぁ多分、仕事とかじゃないかな。また仕切り直すから、今回は勘弁してあげて」

「うん、それはいいんだけど……」

仕事によってプライベートが侵食されるのは、ままあること。それは社会人になってから身をもって知っているので、そこを責めるつもりはない。

だから、そうじゃなくて……

「杏、その人に私のこと、詳しく喋ったりした？　フラれてばっかりとか、あと、写真送ったりとか」

「え、全然だよ。『会ってほしい子がいるから、今度飲みに行ってみない？』とか、それくらい」

「うーん、じゃあ私に原因があるわけじゃなさそうだよね……」

「都合が悪くなった」という本人の言い分を信じないわけではないけど、今まで男性から拒まれ続けている身としては、その要因が私にあるのではという疑念が捨てきれない。

「当たり前でしょ、別に相手が凪だからそういう返事が来たわけじゃないって。そもそもセッティングするってやり取りしたときは、向こうも乗り気だったんだから。考えすぎだよ」

杏が笑い飛ばすような明るい調子で言うので、それもそうか――とモヤモヤした気分が晴れる。

「わかった！　じゃあ、その人とはまた都合のつくときに会わせてもらうとして、今日ご飯食べに行かない？　淳之介も空いてるなら、一緒にどう？」

「ごめーん。今日はふたりで、ジュンの実家で夕食をご馳走になることになってるの」

予定がなくなったこともあり、杏をご飯に誘ってみたけれど、淳之介の実家に行くならさすがに無理か。……ん？　実家？

「あ、もしかして……」

「そうなの～！」

ひとつの可能性に気付いて言った私の言葉に、すぐに上機嫌な声が返ってきた。

「いよいよね、結婚の話をしに行くことになったんだー。一緒に暮らして一年経つころには結婚しようねって決めてたから、もうそろそろいい時期かと思って」

やっぱりそうか。

先週の飲み会でも「結婚はいつ？」なんてせっつきにまんざらでもないような態度をとっていたから、そんなに遠くない未来なのかな、とは思っていたけれど。

「よかったじゃない。それで、淳之介の実家から先に？」

「うん、まずはね。うちの父親、わたしのことを溺愛してて、すんなり進まないかもしれないから」

杏のお父さんは、同棲にだいぶ反対していたようだ。杏と淳之介が同棲して一年経つまでに結論を出そうと決めていたのは、杏のお父さんが、結婚するのかしないのか宙ぶらりんの時期が続くのを嫌うとわかっていたからなのだろう。

「いいんじゃない。まずは淳之介のご両親に認めてもらって、しっかり地固めしてから杏のご両親のところに行けば」

「そのつもり。お父さん、ジュンのことを嫌ってるわけではないから、そこまで心配もしてないんだけど。でもやっぱり緊張するよね、こういう話は」

言ってる内容の割に、杏の声は幸せに満ちていた。

言葉の端々に音符マークが見え隠れするような口調、とでもいうのだろうか。気持ちが弾んでいる様子が、電話越しでもしっかり伝わってくる。

「――そういうことなら、頑張ってきてよ。淳之介にも、しっかりねって言っておいて」

「うん、ありがと。伝えておくね。……それじゃ凪、ごめんね」

「いえいえ～。またね」

通話を終えると、私はベッドに投げ出していた身体をゆっくりと起こした。

杏と淳之介、ついに結婚するんだ。

ふたりの歴史をよく知っているだけに、私も嬉しい気持ちになる。

まぁ、自分にとっての新しい出会いが遠のいたのは残念ではあるけれど、相手にも事情があるのだから仕方ない。

私は、クローゼットの扉にかけてあるワンピースに視線を向けた。

秋っぽくスモーキーなピンクに彩られたそれは、裾がフレアになっていて可愛らしいイメージ。普段、カジュアルな恰好を好む私が選ばないタイプの装いだ。

先日仕事帰りに、自分の飾らないところがだめな一因なのかも……なんて考えていたタイミングで通りかかったショップで見つけたものだ。

「これだ！」と勢いで購入したことに、後悔はない。

何かを変えるには、自分にも変化を取り入れなければ——なんてそれっぽいことを自分に言い聞かせてみたけれど、実際のところは、ただ単に足掻いてみたかっただけだ。

何もしないよりは、ジタバタしてみたほうが落ち着くような気がして。

……ジタバタする以前に、約束それ自体が取り消されるとは夢にも思っていなかったけれど。

「はぁ……」

やるせないため息がこぼれる。

杏のことはもちろんうれしいし、喜ばしい。けれど……結婚の報告をしに行く友人に対し、まだ恋人がいないどころか、男性とのデートをキャンセルされた私、というコントラストの効いた現状が切ないのだ。

こんな気持ちのまま、休日が過ぎていくのは辛い。

週末をどう楽しむかを考えることで、平日の仕事を乗り切っている私だ。せめて誰かと会って気持ちを紛らわさなければやっていられない。

どうしようか。百合ちゃん、空いてたりしないかな。

彼女の連絡先を表示しようと携帯の画面に視線を落とす。と――

「あ」

携帯がブルブルと振動して着信を知らせた。

中央には、理人の名前が表示されている。

「もしもし」

すぐに携帯を耳元に当てて言った。

「俺だけど、今いい？」

「うん、大丈夫」

理人の声に頷(うなず)きながら、再びベッドに横になる。

「理人、今日は仕事、休みなの？」

休みがカレンダー通りである私と違い、いわゆる芸能人を生業(なりわい)としている理人は、週末が休日とは限らない。私の問いに、彼は「ああ」と短く答えた。

理人も休みか。

「どしたの、何か用事？」

「凪、今夜暇？」

「うん、たった今暇になった」

「何だそれ」

理人がおかしそうに笑う。

「私も何だそれって感じだけど。……うん、ちょっと予定がキャンセルになってね」

「ああ、杏が紹介してくれるとかいう男との約束？」

「え、私、理人に言ったっけ？」

杏が理人に教えたんだろうか。上手くいかなかったときにまたバカにされそうだったから、理人にはあまり知られたくなかったのだけれど。

彼は、肯定とも否定とも取れるように小さく笑った。

「ならちょうどいいな。今夜、飲みに来いよ」

そして彼は、さらりとそう言った。

「飲みに来い」というのは、理人の家に行くということだ。

いくら親友とはいえ、男性が妙齢の女性を家に呼ぶ……それも一対一で、となると、アヤシイ妄想が溢れてしまいそうになる。

けれど私たちに限っては、そういった心配はない。というのも、一対一だからこそ、理人の家であることが重要なのだ。

今やスーパーモデルとなってしまった理人は、常に周囲からの視線というものを意識しなければならない。

外で理人と会い、それを誰かに見られたり写真に撮られたりしてしまうと、「理人の彼女か？」なんて勘違いされてしまう。

理人には、熱狂的な女性ファンが多い。

人気商売である彼に、迷惑をかけるわけにはいかないのだ。

「理人がどうしてもって言うなら、行ってあげてもいいよ」

「お前、上からかよ」

「うそうそ。うん、久しぶりに行こっかな～」

大学時代から、ちょくちょくふたりで飲んでいた。

理人の名前が世の中に知られるようになってからも、その関係は変わらない。むしろ、有名になってからのほうが、彼の家で飲む機会は多くなっていた。だから今さら躊躇（ちゅうちょ）することはない。それに、この変に盛り下がった気分のままでいるのが嫌だった。

「来いよ。お前が飲みたがってたビール、用意してあるから」

「えっ、ホント？　行く行く行く、絶対行く！」

「ゲンキンなヤツ」

呆れまじりの笑いが電話越しに聞こえる。

「じゃ、適当な時間に来て。フロントには伝えておくから」

そう言って、理人は電話を切った。

いつもこんな風に、細かい時間は決めない。夕方とか、夜とか、ざっくりした時間だけを告げて、あとは何となくこれくらいかな、というタイミングで彼の部屋のインターホンを押すのだ。

「さて、と」

私は起き上がると、再度クローゼットの前にかけてあるワンピースを見つめた。

理人と会うのに気合い入れてもしょうがない。けれど、せっかくだし、着たっていいか――

ワンピースを手に取り、私は手にしたそれの、背中のジッパーを下ろした。

理人のマンションは、都内の一等地にある。

名門校や大企業の本社が集まる歴史のある街。そこに建つ高めのビル群のなかでもとりわけ存在感を放つタワーマンションが、彼の城だ。

それまで彼が両親と住んでいた実家も都内で、友人たちと遊びに行ったこともあった。そこは二十三区の北側で県境の下町だったから、今住んでいる場所との雰囲気の違いは、本人が一番感じているに違いない。

大学三年のとき――理人が某ファッション誌の表紙を飾ったころに、彼はひとり暮らしを始めた。よく通うスタジオまでの距離を短縮したかったかららしい。

家賃を聞いてびっくり仰天したけれど、当時の時点で、モデルとしてそれくらいは無理せずとも払えるようなポジションにいたということだ。

あっという間に有名人になってしまったんだなー、と、建物を目の前にして物思いにふけったことが懐かしい。

学生との二足のわらじはさぞかし忙しかったのだろう。そのころから、理人は大学の授業を休むことが増えていった。

といっても、教授はそれに気付いていないはずだ。私たち友人が持ち回りで代返をしてあげていたから、テストさえ落としていなければ、単位はちゃんと取れていた。

あれだけの活躍をしておきながら無事に卒業できたのは、私たちの頑張りが大部分を占めると言っていい。いや、そう言わせてもらいたいものだ。

午後七時前。空が徐々に薄青から濃紺へと変化していくころ、私は天井の高い大きなエントランスを潜った。

まるで高級ホテルのロビーのようなその場所は、豪奢、華美というワードがぴったりハマる独特の空間だ。幻想的なオブジェや絵画が並んだそこには、二十四時間、常にコンシェルジュの姿がある。

コンシェルジュは男性で、清潔感のある短髪の、優しそうな人。

私をはじめとした友人たちが、理人の家に遊びに来ることは多い。そこまで頻繁とは言えなくとも、ある程度定期的に姿を見せる私たちの顔を、男性コンシェルジュはしっかりと覚えてくれている。

彼に促され、セキュリティスペースを通って、エレベーターホールに進んだ。

私の知ってるどのマンションよりも、エレベーターへ行くまで時間がかかる物件だ。途中、マンションの共用スペースであるラウンジやカンファレンスルームの横を通り、左右に三つずつあるエレベーターのうちの一基に乗り込んだ。

エレベーターのなかは鏡ばりで、ピカピカに磨きあげられている。スモーキーピンクのワンピースに、黒いロングカーディガンを羽織る私の姿が、そこに鮮明に映り込んでいた。こんな箱のなかまでくまなく清掃が行き届いていることに感心してしまう。

庶民的な感覚が強い私は、当初この光景を目にしただけでも怯(ひる)んでいた。でもさすがに何年も出入りしているうちに慣れた。

理人の部屋は十八階。ボタンを押すと、エレベーターは静かに上昇する。

程なくして、目的の十八階に到着した。理人は、エレベーターを降りてすぐ目の前にある１８０６号室に住んでいる。

インターホンを押すと、重そうな扉が薄く開く。

「入って」

理人の声に促(うなが)されて、私は扉を引いて室内に駆け込んだ。そして、すかさずその扉を閉める。

「またやってんの、それ」

私の行動に、理人は声を立てて笑った。

「だって心配じゃん」

「そこまで意識する必要ないって言ってんだろ。セキュリティついてるんだし」

以前、このマンションにはある大御所の俳優さんが住んでいた。名前を聞いたら誰もが知っているレベルの、大変有名な人だ。

その俳優さんの奥さんも実力派女優で、ふたりはおしどり夫婦として知られていた。だけど、ある日奥さんの留守中に、俳優さんがデビューしたての若手女優を自宅に連れ込んでいるのを、写真週刊誌に撮られてしまったのだ。

その話を理人に聞かされてから、私は彼の部屋への出入りを妙に警戒するようになってしまった。

「だって、あの俳優さんのときだって、セキュリティはついてたわけでしょ」

「だから、あれは運が悪かったんだって。他の階のゲストのフリした記者がセキュリティを突破して待ち伏せしてて、結果的に不倫がバレたけど。それ以来ゲストのチェックも厳しくなったみたいだし、気を揉む必要なんてない」

「まぁ、そうかもしれないけど……」

何かあったとして、私はいい。一般人だから。

でも理人は違う。女性ファンを多くもつ人気モデルである彼に、女性とのスキャンダルが出たりしたら……たとえそれが事実でなかったとしても、彼の仕事に影響を及ぼしてしまうだろう。

そんなのは嫌だ。

彼がこれまで築き上げてきたものを、私の不注意なんかで壊したくない。

「あんまり深く考えんなよ。俺とお前は何でもないんだし。それより」

玄関口でパンプスも脱がないままの私の姿を、理人はじっと見つめた。

「――凪にしては、小ぎれいな恰好してるな。どうした？」

「いつも汚い恰好してるみたいに言わないでくれる」

さすがはモデル。普段と違う装い(よそお)が気になったらしい。

しかし、その言い草は何だ。たまにはイメチェンを楽しんでみたっていいじゃないか。

本当は新たな出会いに備えて用意した服だけど……運が悪ければ着ないままお蔵入りとなるのではと危惧(きぐ)して、着てきてしまった。

「馬子(まご)にも衣装だな。悪くない」

「それ褒(ほ)めてないよね」

「いや、褒(ほ)めてるって。お前にしては上出来だよ」

「上出来って」

くっ、また上から発言なのがムカつくっ。

「逆に俺がこんなやる気ない恰好で悪かったな」

そう言った理人は、ダークグレーのジップアップパーカーとスウェットという、ＴＨＥ・部屋着な服装だ。

「いや、家だとそんなもんでしょ。バスローブとかシルクのパジャマとかなら面白かったけど」

ハーフだとか外国人っぽいとか言われている彼は、自宅ではバスローブを着てるんじゃないかとか、シルクのパジャマを愛用してるんじゃないかとか、ファンの子たちに噂されたりしているらしい。けれど、もちろんそんなことはない。

夢を壊すつもりはないけれど、スーパーモデルだって、自宅では至ってノーマルなチョイスをするのだ。

「着るわけないだろ、落ち着かないし」

理人が苦笑いで答える。

顔には似合うけど――と思ったけど口には出さなかった。

とはいえ、彼が身に纏(まと)っているパーカーとスウェットが上質なものであるのは見てわかる。

おそらくブランドものなのだろう。でも私はあまり詳しくないので、それがどれくらいの価値のあるものなのか、人気なのかそうでないのか、ちっともわからない。

「いいから上がれよ。もう用意はできてる」

「やった。お邪魔しまーす」

スウェットのポケットに両手を突っ込んで先を行く理人を追いかけるように、廊下の奥へと進む。

廊下の突き当たりは、リビングに続いている。

ここの間取りは1LDK。十五畳はあるだろう広々としたリビングと、衣裳部屋を兼ねた寝室で構成されている。

リビングには存在感のある黒い革張りのソファセットと、ガラスのローテーブル。

ソファと向き合う形で壁に取りつけられたテレビは、六十インチは超えていそうなシロモノだ。

反対側の壁一面に広がる大きな窓は、晴れている日には採光が十分に取れ、この時間を過ぎると夜景も楽しむことができる。

部屋の奥には、アイランドキッチン。高級感を際立たせる大理石のカウンターには、スツールが三脚セットされていて、まるでバーにいるような気分にさせてくれる。彼の家のなかでも、特に私が気に入っている場所だ。

カウンターにはすでに何種類かのチーズとピクルス、それに生ハムとサラミがお皿に並べられていた。どれも私のお気に入りのおつまみだ。

付き合いが長いだけあり、何も言わなくても理人はこれらを準備しておいてくれる。本当、親友というのはありがたい。

「いいね。美味しそう」

自然と歌うような声で言って、私は一番端のスツールにハンドバッグを置いた。そしてそのとなりに腰かける。

「あれ出してよ、あの飲みたかったビール」

「まぁ落ち着けって。あとで出してやるから、まずはスタンダードなヤツで乾杯にしようぜ」

キッチンスペースの最奥に並ぶ冷蔵庫から、冷えたグラスと缶ビールを二本取り出して、理人が戻ってきた。

ビールは日本の、ラベルが銀色のメーカーのもの。打ち上げやらパーティーやらでいろんなお酒を飲んでいるはずの理人だけど、ビールは日本の、とりわけこの銘柄が一番落ち着くらしい。家に常備してあるのはいつもこれだ。

律儀にもグラスを冷やしておいてくれるところに、彼の几帳面さというか、マメさを感じる。私が現れるだろう時間帯にテーブルセットもすませているところもそうだ。

思えば、昔から気の利く性格だった。

芸能人になってチヤホヤされるようになってからも、そんな一面は変わっていない。それがホッとする。

「ほら」

と言いながら、理人が黄金色の液体で満たされたグラスを片方、私に突き出す。私はそれを受け取ると、

「お疲れさま～」

と言って、グラスの縁を軽く合わせた。

「久々のビールって、何でこんなに美味しいの」

何度か喉を鳴らして中身を飲み下したあと、おじさんのような一言が口から出た。

「久々なわけないだろ。こないだの飲み会で飲んでたくせに」

「三日空けば久々なの、私にとっては」

となりのスツールに腰かけ、身体ごと私のほうを向く理人に口を尖らせる。

お酒が大好きな私は、平日だろうが休日だろうが、日を選ばすに飲んでしまう。それがストレス解消であり、一番のリフレッシュになるからだ。

アルコールが解禁になった二十歳からそんな感じで、理人は「飲みに行きたい！」と言う私に、根気強く付き合ってくれていた。

あるときはビール、あるときはハイボールを飲みながら、大学の話や友人の話、当時のアルバイトの話なんかを、とりとめもなくしていたっけ。

六人グループのなかで私が理人に一番心を許しているのは、そういう経緯があるからかもしれない。

他のメンバーとももちろんそれぞれ仲はいいけれど、思い立ってすぐ飲みに誘ったり、延々結論の出ない話を繰り返したりするのは、理人が一番多い気がする。

「相変わらず仕事は忙しいの？」

グラスを一度カウンターに置いて、パプリカのピクルスを摘みながら訊ねる。

「まあまあ。イベントが続くから、体調のコントロールに気を付けないとな」

「のんきにビール飲んでる場合じゃないんじゃないの？」

体重をキープするのも体調管理のうちだろう。私が意地悪気に訊ねると、

「そんなの余裕。慣れてるからな」

なんて、バッサリ斬られてしまった。……まぁそうか、プロだもんね。

ピクルスを頬張りつつ、またビールを飲む。

――あぁ、幸せだ。

期待していた異性との出会いは延期となってしまったけれど、週末に気の置けない友人と飲む美味しいビールがあれば、しばらく頑張っていけそうだ。

そんな私の感情は、しっかり表情に出ていたらしい。

「しかしお前、本当に美味そうに飲むよな」

　理人がからかうように言って笑った。

「凪のほうはどうなんだ、仕事」

「うーん、別に、普通かな」

「何だよ普通って」

「だって普通なんだもん。取り立てて何かあったわけじゃないし」

　最近の状況は——と、職場の風景を思い浮かべながら答える。

　職場は、某クッキングスクールを経営している会社。下町を拠点に三校を運営しているけれど、小規模かつ少人数制のシステムのため、利益はそれほどでもない。会社としても、まだまだ名前の知られていない新興企業だ。

　そこでの私の業務内容は、いわゆる事務。職員の勤怠管理や、受講希望者の選定・案内等々。現場での動き以外のことで、経理が絡んでこない仕事は、ほぼ私が担当している。

　こんな表現をすると激務であるように思われてしまうかもしれないけれど、実際はそんなことはない。事務の仕事が慌ただしくなる時期は、職員や受講者の入れ替わりがある年度末・年度初めがせいぜいだ。幸か不幸か、それ以外は至って平凡な日々の連続になる。

　何かどうしようもないアクシデントが起こらない限りは、定時帰りが基本。

　休日出勤もなし。有休も事前に申請すれば問題なく消化できる。

　大学時代、特にこれといった目的や目標もなく就活をしていた私が見つけたにしては、超絶ホワイトで好条件の職場だ。

会社の上司や同僚ともいい関係を築けているし、我慢できないと思うような業務内容もない。

こういった状況って、平坦で粛々(しゅくしゅく)としていて、面白みがないと感じる人もいるだろう。けれど、想定外の出来事が起こらなくて平和だ、とも言い換えることができる。そしてそんな平穏さが、私には快適だった。

「順調ってことか」

「そうとも言えるね」

私は小さく笑った。

『平和』、『順調』。

『普通』なんて味気ない言葉よりは、そういう言い方のほうが好ましいか。

「——でもきっと、理人が私みたいな生活してたら、退屈で死んじゃうよ？」

自(みずか)ら芸能界に飛び込んでいくくらいだから、理人は変化を求める性格なのだろう。

向上心が強いし、野心もある。平坦な道を好む私と違い、彼はアップダウンの激しい坂道のほうが、好奇心を刺激され、喜びを覚えるに違いない。

理人のことを心から応援するのは、そんな彼の生き方や考え方を、ひとりの人間として尊敬しているからだ。

私がもし彼の立場なら、たとえ才能や容姿に恵まれていたとしても、常に変化や緊張ととなり合わせの生活になんて、きっと耐えられないだろう。

「何で？」

「私の仕事なんて、ルーチンワークの連続だもん。そのうち目瞑っててもできるくらいの」

「そうか？」

中身を飲みほしてしまった私のグラスに、追加のビールを注ぎながら、理人が訊ねる。

「ルーチンワークって決めつけたらそうかもしれないけど、それは凪の気持ち次第なんじゃないのか？」

「気持ち次第？」

「そう」

自分のグラスにもビールを注ぎ足して、彼は続けた。

「――そこに新たに得るものがあるって思いながら仕事すれば、常に新しいことの連続だろ。どういう職種や内容であっても、自分の仕事を退屈で代わりばえしないものだと決めつけるのって、俺はもったいないと思うけど」

「……なるほど」

そうか。いつも理人はそんな風に考えながら自分の仕事と向かい合っているのか。素直に感心してしまった。

彼の言葉通り、まさに最初から退屈だと決めつけていた自分が恥ずかしくなる。

「最初から飛ばしてるな。酔っ払う前に、約束のあれ出しとくか」

説教くさくなってしまったかもしれないと、私に気を遣ったのだろうか。

話題を変えたいとばかりに茶化した口調で言うと、彼は席を立って再び冷蔵庫へと向かう。

「やった、真打ち登場！」

楽しみにしていた『あれ』を拝めるとあって、私の頭のなかが期待でいっぱいになった。

「ほら、これ」

「わあ」

戻ってきた理人が手に持っていたのは、一本のビールだ。

片手でおさまるサイズの瓶に貼られたラベルに描かれていたのは、ド派手な色彩で描かれた、骸骨の絵。これだけでももう、インパクト大だ。

「どうだ、飲みたがってたメキシコビールは」

「すごいすごい！　早く飲みたい」

強烈な印象のラベルの、メキシコのクラフトビール。私はこれがずっと飲みたかった。

早く抜栓しろと言わんばかりに足をジタバタさせて、理人を促す。

「子どもか、お前は」

彼は呆れつつも笑顔を見せて、栓抜きを手に取り、抜栓した。

「新しいグラス出すから、ちょっと待って」

理人はもう一度冷蔵庫まで戻ると、霜のついたグラスをもうワンセット運んできた。

「私が注いであげるね」

気分のいい私は、奪い取るようにしてグラスに手を伸ばした。カウンターに置いたそれぞれのグラスに、慎重にそれを注いでいく。

――だけではおさまらない。

「はい、改めて乾杯」

いち早くその味を確かめたい私は、そう言いながら、ビールを注いだばかりのグラスをふたつ、自らかち合わせて乾杯をすませた。そして片方のグラスを口元に運ぶ。

「うわ、苦っ」

噂に違わぬ苦味に、つい眉間に力が入る。

なるほど、ラベル通りのパンチのある味だ。結構気に入ってしまったかもしれない。

お酒が好きで、なかでも取り分けビールが好きな私は、常に美味しいビールはないかとアンテナを立てている。そこで見つけたのがこれだ。

ラベルも味も、どれをとっても強烈だという評判を聞き、機会があれば飲んでみたいと思っていたのだ。そして以前、そのことを理人に話した。

すると、彼は仕事関係で知り合った輸入会社の人から、たまたまこのビールを譲り受けていて、今度飲ませてくれると約束してくれたのだ。それが、今日。

「どう、感想は」

「苦いけど美味しい。またもらってきてよ」

「偉そうに言うな」

呆れた口調で言う理人が、スツールに座って私が注いだビールを一口飲んだ。

すると私がそうしたのと同じように、眉間に皺を寄せて「苦っ」と呟く。その口調がおかしくて、私は声を立てて笑った。

好みの味ということもあり、あっという間にグラスを空にしてしまう。

「ありがと。堪能できてよかった～」

なんてお礼を言いつつ、せっかくだしもう一杯――と私は瓶を持ち上げた。

「このビールに免じてってわけじゃないんだけど」

と、そのタイミングで理人が切り出す。

私は手元に注いでいた視線を彼に向けた。

彼が妙に真剣な顔つきをしているように思えるのは、気のせいだろうか。

「何？」

「頼みごとがあるんだ。お前にしか頼めないこと」

「……？」

何だろう。

ただならぬ雰囲気を察し、手にしていた瓶を置いた。

彼の反応を待っていると、彼は少し空けていた距離を詰めるみたいに座り直した。そして、内緒話をするときのように肘をカウンターに突き、私に顔を寄せる。

「俺と結婚してほしい」

「え？」

「だから、俺と結婚してほしい」

……………は？

「はぁあっ⁉」

間抜けな叫び声を発し、スツールから転げ落ちる勢いで驚いた。

え？　ええ？

「えっと、ごめん、意味がわからないんだけど」

思考停止状態の私は、そう言うのが精いっぱいだった。

結婚っていうのは、杏と淳之介みたいに、愛し合ってる男女——恋人同士がするものだ。

私と理人は友達で、恋人じゃない。そんなの、お互いわざわざ口にしなくたってわかるはずなのに。

「まぁ、とりあえず聞いてくれよ」

混乱する私に、理人はことの始まりから丁寧に説明してくれた。

モデル業が順風満帆な彼だけど、その向上心の強さから、プロとしてもっと仕事の幅を広げたいという思いがあったのだそうだ。

で、現在所属する事務所と話し合い、今後はモデルだけではなく俳優としても売り出していこうという方針になったらしい。いわば、転換期に差しかかったわけだ。

ちょうどそのとき舞い込んできたのが、とある新作映画のオーディション。

監督は、日本でも三本の指に入ると言われる鬼才・与次興で、しかも募っていたのは主役だ。

理人は、そのオーディションにチャレンジした。

そしてあれよあれよという間に、書類審査、一次審査、二次審査、三次審査——と数えきれないハードルを越え、見事主役の座を射止めたというのだ。

「すごい。与監督の映画に出るなんて——しかも主役だなんて、もう俳優人生は成功したも同然じゃん！」

私は興奮して言った。

与監督の映画は、興行収入の大きさでも話題に上る。

それほど映画好きというわけではない私でも、与監督の映画はわざわざ映画館に観に行っている。

……理人ってば、いよいよ私たちの手の届かない存在になろうとしてるんだ。

「さぁ、どうだろうな」

興奮したり、理人との距離にちょっと寂しさを感じたりしていた私に対して、理人は他人事のように冷静に言った。

空っぽになっていた私のグラスにビールを注ぎながら、続ける。

「その役っていうのが、なかなか難しいんだ」

「っていうと？」

「家族愛がテーマの物語で、俺はシングルマザーのヒロインに片想いして、結婚するって役どころ」

「……確かに、難しそうだね」

苦いビールを飲み込んで頷く。

恋愛ものは映画の主流ではあるけれど、今聞いたその役柄だと、好きとかドキドキするとか、そんな淡い感情だけでは片付けることのできない感じだ。

「俺は演技すること自体が初めてで、経験も技術もない。当然、ついこの間あったカメラテストの出来も散々で、思ったよりも課題は山積みだった」

「そんなの仕方ないよ。初めてなんだから」

眉を顰めて話す理人に、私は反論した。

理人には珍しく、弱気になっているんだろうか。だとしたらもったいない。

せっかく掴んだ大出世のチャンスを、ふいにはしてほしくなかった。だから、彼を鼓舞するための言葉を続けようとしたのだけど、理人はひらりと手を振って「いや」と言った。

「そう、初めてだからいきなりできなくても仕方ないとは思ってるんだ。それに、初めてでまっさらな分、吸収できることも多いだろうから、それをハンデだと思っていない」

私の心配は杞憂だったようだ。

そういえばそうだった。

理人はかなりのポジティブシンキングの持ち主なのだ。

理人は私の目を見てさらに続けた。

「だけど、めいっぱい吸収できるだけの努力は必要だと思ってる。凪の言う通り、これは俺の人生を変える作品になるだろう。いいほうにも、悪いほうにも、どちらにも転ぶ可能性がある。俺はできれば、いい意味でのターニングポイントにしたい」

「……うん」

「監督に言われた。『君の演技には、結婚している男のリアリティが感じられない』って」

「そりゃあ……」

そうだよな、とひとりごちる。理人はずっと独身だったし、私と同じように長く続いた恋人すらいないはずだ。

「だから、『クランクインまでに結婚して説得力を出すように』――そういうアドバイスをもらった」

「…………」

……なるほど、だんだん話が見えてきた。

「つまり、役作りのために私と結婚したいって、そういうこと？」

私が単刀直入に訊ねると、彼は「ああ」と頷く。

「――俺には付き合ってる彼女もいないし、こんなことを頼める女友達って、凪、お前だけなんだよ。……俺を助けると思って、結婚してほしい」

「うーん……」

理人を助けたい気持ちは山々なのだけど……

大学時代の、ノート見せてあげる、とか、代返しとくね、とかとは、わけが違う。あまりにも現実離れしていると言わざるを得ない。

いや——でも、待てよ。いくらなんでも、役作りのために結婚しろだなんて、そんなことがあるだろうか？

役を演じるにあたり、限りなくそれに近い状態を再現できればいいわけで、何も、リアルに結婚なんてしなくていいに決まっている。フリでいいのだ。あくまでも、フリで。

理人だって、そういうつもりで言ってきているのだろうし——

「わかった、いいよ」

私は開き直って、明るい調子で言った。

飲みたかったビールを胃に収めて満悦（まんえつ）なうえ、そのアルコールによって慎重さを失っていたせいもあるのかもしれない。とにかく、フリなら大丈夫だろうと思ったのだ。あまり難しく考えるのはよそう、と。

「それで理人の仕事の役に立てるなら、構わないよ。頼れるの、私しかいないんでしょ？」

大事な親友のために、こんな私にもできることがあるなら協力してあげたい。

なにせこれは、理人の俳優人生の大切なスタートを飾る作品なのだから。

そう考え、私が返事をすると、それまでどこか緊張していた様子だった理人は、助かったとばかりに表情を綻（ほころ）ばせた。

「でも、具体的に何したらいいの？　私、よくわからな——」

次の瞬間、私は強い力で両肩を引き寄せられた。気付けば——理人と……キス、していた。

「っ!?」

何、何、何？　ちょっと、どういうこと？

唇に触れる独特の柔らかさは、長い間、忘れていた感触だ。つまり、唇の感触。

私、理人とキスしてる。キスされてる……！

「ちょっと待っててっ！」

我に返って理人の胸を押すと、彼はあっさりと私を解放した。

「今っ……何で、きっ、キスっ……!?」

ショックが大きすぎて上手く言葉にならない私を、彼はポーカーフェイスで見返す。

「凪、俺と結婚するって言っただろ？」

「へっ？　……まぁ、うん。でもフリでしょ？」

理人が役作りのためっていうから、了承したけど。

でもそれは、あくまでも結婚しているという舞台を作るための手伝い――ということのはず。私はその役者になることを了承したにすぎない。

「そうだな」

理人は頷き（うなずき）つつも、

「――ただ、フリでもリアリティが大切だろ？」

「ええっ？」

「そのための協力をしてほしいって意味で、凪に頼んだんだけど。夫婦のスキンシップってヤツをさ」

「っ……」

まったく悪びれずに爽やかな笑みを浮かべる理人。

眩暈がする。

じゃあ何か。

理人は結婚のリアリティを実践形式で追求するために、私に白羽の矢を立てた、ということなのか。

夫婦のスキンシップ――つまり、キスとか……もしかしたら、それ以上も――

そんなバカな!!

「いやいや、おかしいでしょ。どうして理人と私がキスしなくちゃいけないわけ？ 付き合ってもいないのに」

「だからさっき言っただろ。映画の役作りのために、リアリティを出したいんだって」

「うん、それは聞いたしわかってるけどっ」

だめだ、会話が噛み合っていない。

夫婦のフリをするのは構わない。でも、夫婦のスキンシップをなぞるとなると、意味合いが変わってくる。

「ごめん、そういうつもりとは知らなかったから――さっきの、撤回するっ！」

私はようやく、とんでもないことを安請け合いしたのだと気付いた。

スツールから立ち上がると、となりに置いたバッグを手に取って、踵を返す。

「や、役に立たなくてごめんねっ。私、やっぱり理人の頼みは聞けない」

ただでさえ、長年恋愛感情抜きで接してきた友人と思いもかけないキスをしたのだ。気が動転していた私は、もうどうしていいかわからなくなって、その場から逃れたいという気持ちに支配されていた。

ところが、私が一歩踏み出すよりも先に、それを阻止するように後ろから抱きすくめられる。

「もう遅い」

掠（かす）れたような声が耳元で響く。

彼の体温を背中に感じて、心臓が跳ねた。その声と温もりが、今まで知らなかった彼の一面を示しているようで、身体の自由が利（き）かなくなる。

「俺との結婚を受け入れたなら——今日からお前は俺のものってことで、何をしてもいいんだよな？」

私の知らない理人が、そこにはいた。
「だ、だめだってばっ、理人っ……！」
私は今、勢いのままにベッドルームに連れ込まれていた。男である彼の力に敵（かな）うはずもなく、キングサイズの大きなベッドに押し倒されている。

肌触りのいいホワイト一色のコットンのシーツは、触れただけで上質なものであることがわかった。こうして至近距離で生地を眺めると、細かな刺繍が施されているのだなと気が付くのだけど——今は、それよりも。

「よ……酔っ払ってるの？　しっかりしてよ」

ビールを軽く二杯。

お酒に強い彼がこの程度の量で酔っ払うはずがないのは、私が一番よくわかっている。

私の上に馬乗りになり、見下ろしてくる彼の表情も、至って飄々としたものだった。

「力を貸してくれるって言ったのは凪だろ。自分の言葉に責任持てよ」

そんなことを、涼しげに言い放つ。

「あ、あれは、本当にこんなことするなんて思ってなかったからっ……んんっ！」

理人は私の首筋に顔を埋めると、ちゅっと音を立てて啄んだ。

くすぐったいような、むず痒いような刺激が走って、つい声が出てしまう。

「こんなの……変だよ、おかしいって」

「何がおかしいんだよ」

何って——

理人が私を襲っている。……その違和感がすごい。

抵抗しながらも、私はどこか別の世界の出来事を見つめているかのように、自分たちの様子を客観視していた。

友人としては、もう長いこと付き合いがあるけれど、彼とこんな風に触れ合うのは初めてだ。想像したこともない。

何度も二人でご飯に行ったり飲みに行ったりしたし、家にだって遊びに来ていた。

お互いがお互いを、恋愛対象というか——性的な対象として見たことがない、性別を超越した関係だと思っていた。

少なくとも、私はそうだ。

きっと、理人だってそうだったはず。

なのに、そんな理人とこんな風になっているという事実が受け入れられない。

「理人と私は、そんな関係じゃないのにっ……」

「今まではな。でも、これからはそういう関係になってもらうから」

「っ……」

複雑な私の気持ちなんてどこ吹く風で、理人はしれっと言い放つ。そして吸いついた首筋に、軽く歯を立てた。

その刺激に、思わず身体から力が抜けた。理人は私から、羽織っていたカーディガンを脱がせてしまう。

「やめっ……理人は平気なの？　私たち、友達なんだよ」

男の人は、最初に友達だと認識した女性を恋愛対象には見られないと、ネットか何かで読んだことがある。

「平気だよ」

けれど彼は、私の身体をうつぶせにしながらサラッと答えた。

理人の手が、背中にあるワンピースのジッパーを摘んだ。

脱がされてしまう――

手足を動かして暴れようとすると、今度は耳にキスをされた。舌でその曲線を辿られ、耳朶を甘噛みされる。

――だめだ。これをされると……身体に力が入らないっ……

「私のことっ……、今さらっ……女の人として、見られるの？」

力での抵抗が叶わないなら、言葉でするしかない。

途切れ途切れに訊ねると、彼はジッパーをゆっくりと下ろしながら答えた。

「俺はいつでも、凪のこと女として見てるよ」

「んっ……！」

ワンピースの下にはキャミソール。

そのなかに潜るように指先を忍び込ませると、理人は背骨にそって動かしていく。乾いた皮膚の感触が、ゾクゾクする。

「わ、私は、理人のこと、男の人としてなんて見たことないもん」

「ふーん？」

「だ、だから放し――むぐっ……」

くる。

放して――と全部言い終わらないうちに身体を反転させられ、唇を塞がれた。

理人は強引なキスをしながら、私のワンピースを脱がせた。

彼の舌が、驚きのため閉ざすことを忘れていた私の唇を割って、口腔内に入り込み、侵食してくる。

えっ、ディープキス？　何これ、どうなってるの？

脳が拒まなければいけないと指令を発しても、身体が反応しない。

言うことをきかないのだ。

ワンピースを取り払うと、理人はそれをベッドの下に放った。そして――

「凪はこれから俺の奥さんになるんだから。もう諦めろよな」

唇が解放され、視界に映ったのは、テレビＣＭでよく見る彼の表情だった。

爽やかで優しい微笑。美しいその顔なのに、紡ぐ台詞だけが、酷くアンバランスだ。

「凪。俺の奥さんの役、引き受けてくれるんだろ？」

「っ……」

額をこつんと合わせて、鼻先の触れる距離で囁いてくる理人。

その声が聞きなれないトーンで、妙に恥ずかしい。

きっと、その声音は彼が口説こうと思った女性や、彼女しか聞くことのできないものなのだろう。

それを想像すると、胸がドキドキと高鳴る。

――あれ？　私、どうしてドキドキしてるの？

相手は理人だ。大学時代からの友人の、あの理人。

確かに彼は芸能人で、容姿や男性としての魅力をたくさん持っている人だけれど、仲良くなりすぎてしまった私にとっては、恋愛対象にはなり得ないと思っていたのに。

嘘、ウソだ。理人を意識してしまうなんて、そんなの……あり得ない。

「何で黙ってるの？」

「ぁんんっ……！」

甘く掠れた囁き声で訊ねながら、彼は再び私の耳に舌を這わせる。

身体が緊張して、切なく痺れて——さっきは我慢していた声が、こぼれてしまう。

「へぇ、凪ってそんな声で啼くんだ。やらしいな」

「ち、ちがっ……ぁんっ！」

そんなつもりではなかったから、慌てて否定をしてみる。けれど耳朶に歯を立てられ、また鼻にかかった声がもれてしまった。

「違わないだろ。耳舐められて感じちゃって……そんな艶っぽい声出されたら、俺、ますますその気になっちゃうんだけど？」

「その気って……」

「凪を抱きたいってこと。奥さん役を引き受けたなら、そこの演技にも付き合って当たり前だからな」

「あっ」

キャミソールを脱がされ、ブラとショーツだけの頼りない姿になった。

「凪ってこういう下着、着るんだ。意外」

身に着けている下着を目にするなり、理人は眉を上げて呟いた。

生成りのトーションレースに縁どられた薄いピンク色のブラセットは、ワンピースと同じ日に購入したもの。

いつもの私は、シンプルなデザインの単色のものとか、スポーツブラに近いようなものを身に着けている。けれど、新しい出会いが迫っているなら下着も心機一転可愛くしよう、というノリで買ってしまったのだ。

当然ながら理人に自分の下着の趣味を教えたり晒したりしたことなんてない。だから彼がこの下着を意外だと感じるのは、普段の私とはイメージが違うということだろう。間違っていないのが悔しい。

「ま、まじまじと見ないでよっ……」

「いいだろ、見たって」

私の身体を見つめる彼の目が、普段のそれとは違い、興奮を帯びているように思えた。

『俺はいつでも、凪のこと女として見てるよ』

何気なく言った彼の台詞がよみがえる。そんなはずはないと思っていたけれど、獲物を見つけた猛禽類のような瞳を見て、それが事実だったのだと知った。

理人は私のことを女として見ている。

それが腑に落ちると、身体が燃えるように熱くなった。

彼の視線を感じれば感じるほど、身体の奥からじわじわと熱い何かが溶け出てくるような気がする。まるで、湯せんにかけたチョコレートみたいに、ゆっくり、とろとろと。

「嫌だよっ、こんなっ——は、恥ずかしいっ……」

「抵抗するならすれば。今なら逃げられるけど？」

指摘されてハッとした。先ほどまでは力や動作で私の抵抗を押さえつけていた彼だったけれど、今はただ馬乗りになり、私の顔を見下ろしているにすぎなかった。

私が全力で暴れたり、押しのけたりしたら、逃げられる可能性は十分にある。

けれど、私はどうしてかできないでいた。

怖いとかそういうんじゃない。

気分は、蜘蛛の巣にかかってしまった蝶だ。

怪しげな糸に絡めとられて、動けないでいる蝶。

私の知らない彼の声や視線が、私を束縛して放さない。力や所作ではない部分で、彼に囚われてしまっていたのだ。

「逃げないの？　……それって、俺の好きにしていいってことだよな」

都合よく解釈した理人は、ブラ越しに私の胸に触れると、ゆっくりと形を確かめるみたいにして揉みしだく。

「んっ……」

理人の触れる場所が、カッと燃えるように熱い。

「気持ちいい？」

「そんなことっ……」

私は首を横に振って答える。

気持ちいいとか、そんな風になんて思ってない。ただ、彼の手のひらのなかで形を変える胸の膨らみが、どんどん熱くなっていくだけだ。

最初は左右の胸を片方ずつ愛撫していた彼だけど、やがて両手で両方の胸を同時に捏ね始めた。

「凪のおっぱい、柔らかくて気持ちいいよ」

「っ……そういう風に言わないでっ」

「だって本当のことだし」

今まで友人だと認識していた男性から、自分の胸に対する感想を聞くのはおかしな気分だった。

いかにも性的なコミュニケーションをしていますとアピールされているというか……表現が難しいけれど、むず痒いような、照れくさいような、複雑な感情だ。

「凪のことも、気持ちよくしてやるよ——そのためにはこれ、邪魔だな」

理人はしばらく胸の感触を楽しんだ後、ブラのカップを捲った。胸の頂がこぼれ出てくる。

「やっ……！」

「綺麗なピンク色。それに、美味そうだな——」

「ぁあっ！」

頂を口に含まれ、そこからびりびりと電気が走る。

びくん、と背が撓った。それに気をよくしたらしい理人は、頂を吸い立てたり、甘噛みしたりする。そのたびに、新たな快感が身体の芯を揺さぶってきて——湿った声が、またこぼれてしまう。

「吸って噛んだら、こっち……やらしい色になってきた」

理人は舌先で胸の先っぽを扱きながら、煽るように言った。

「片方だけじゃ、物足りないだろ？　こっちも可愛がって、やらしくしてやるから」

反対側の胸の頂を舌や唇で刺激しつつ、それまで虐めていたほうを指先で摘んだり、軽く押し潰したりする。

敏感な場所を二か所同時に弄られて、呼吸が荒くなった。

「はぁっ、ぁっ……やめっ……理人っ……！」

「やめられたら困るのは凪じゃない？　こんなに感じてるのに」

言いながら、理人は私のわき腹にちゅっと口付けた。

段々と下方に移動して、今度はお臍にキスをする。

「ここも、触ってほしいんだろ？」

ここ——と言って示したのは、ブラと同様にトーションレースで装飾されたショーツの、中心部分。指の腹で入り口の形をなぞるようにして往復させると、私へ「違う？」と視線で問う。

「さ、触ってほしくなんて」

「本当か？」

そう言いながら、理人が少し強めにそこを押した。

「あんっ！」

思ったよりも大きな声が出て、両手で口元を押さえる。

「やっぱり期待してたんじゃん。なら、応えないと」

私のリアクションで確信した理人は、ショーツの生地の上からくすぐるみたいにして、敏感な場所を撫でてくる。

布越しとはいえその場所に指先が触れると、甘やかな刺激が生じ、身体の芯がきゅんと疼く。

「ふ、ぅんっ……！」

これ以上触れられたら、変になってしまう。

一度委ねたら戻れなくなりそうな愛撫から逃れたくて、脚を閉じようと試みる。同時に身体を丸めようとするけれど、理人がそれを許すはずがない。

「だめに決まってんだろ、今さら」

膝を割り開き、彼は再び布越しの秘裂へと触れた。

そして、ニッと意地悪な笑みを浮かべる。

「凪、ここ――濡れてる」

「っ！」

ボン！　と顔が火を噴いて爆発しそうになる。

あろうことか、私の恥ずかしいそこは、理人に弄られていたせいで湿り気を帯びていたのだ。

「散々否定しときながら、やっぱり感じてたんじゃん」

直線を描くように撫でていた指先が、ぐりぐりと抉るような動作に変わる。

と同時に、秘裂の奥に隠れている秘芽を探るみたいに、細かな振動が伝わってきた。

「やぁっ……」

「ぬるぬるしてるから、擦りやすくなってる」

理人の言う通り秘所から粘着質な蜜を吐き出しているせいで、水分を含んだショーツの生地が敏感な粘膜と擦れ、また違った快感を運んでくる。

さらには、時折秘芽に響くような刺激も加わって、より蜜が溢れてしまう。理人の指により、私の身体は蜜の溢れ出る状態にはまっていた。

「それ、だめっ……」

「だめじゃなくて、もっとしてって素直に言えばいいのに」

からかうというよりは、感想といった風に呟いた理人が、クロッチの部分がびしょ濡れになったショーツをずり下ろした。

そうすると、遮るものをなくした私の大切な場所が、彼の目の前に晒されてしまうわけで……

「み、ないでっ……！」

混乱していても、さすがにこの段階に至れば私の両手がその場所へ伸びた。

けれど理人は片手でいとも簡単にその手を振り払うと、もう片方の手で、布越しではなく直接秘裂に触れた。

「んっ……」

「もうびしょびしょ。このますすんなり指挿入っちゃいそうだな」

――何だか、まだこの現実が信じられない。

今、ベッドの上で、親友の理人が、私の恥ずかしい場所を触っている。友達だったはずの理人が、男の顔で……私を見て、私に触れている。

どんな顔をして、どんな態度で受け入れればいいのか、全然わからない。

いや、そもそも、それを受け入れていいの？

彼の仕事のためとはいえ、彼の結婚相手のフリをするからといって――肉体関係を持ってしまうなんて。

「凪、痛かったら悪い」

「はぁっん――……！」

戸惑いのなかで巡らせていた思考は、下肢に侵入してきた異物の感触にかき消された。

これ……指？

反射的にその場所へと目をやると、私の身体が彼の中指の第二関節までを呑み込もうとしているところだった。

溢れた蜜が潤滑油代わりになり、痛みはさほど感じなかった。でも、圧迫感は否応なしに覚えてしまう。

「俺の指、美味しそうに咥え込んでる」

理人が自ら(みずか)の指を捻(ひね)って回転するように力を加えつつ、根元まで差し込む。

「しばらくご無沙汰だった割には、すんなり挿入(はい)ったじゃん」

「っ、よ、余計なお世話っ……！」

羞恥心(しゅうちしん)が先行して、軽口にはそんな風に返すのが精いっぱいだった。

「なら、もう少し広げてみるか。あとのために」

彼は一度中指を三分の二ほど引き抜き、中指に付着した蜜を人差し指にも塗(まぶ)した。そして今度は、二本同時に挿入する。

ゆっくりと、時間をかけて——先ほどの約倍の質量が、私の身体をわけ入っていく。

「んっ……はぁっ……」

「苦しい？」

「わ、かんないっ」

恥ずかしさから濁(にご)したのではなく、本当にわからなかった。

つまり……あまりにも久しぶりすぎて、そのために異物感をより感じやすくなっているのか、急に広げられたことで苦しいのか。まだ、判断がつかないのだ。

「すぐに気持ちよくなる——気持ちいいって感覚、思い出すから」

理人はそう言って、二本の指を揃えると、時間を掛けて第一関節ぎりぎりまで引き抜いた。そして、またゆっくりと押し戻していく。

「ふっ、ぁっ……」

何度か繰り返していくうちに、異物感が薄らいでいく。

二本の指が私の膣内の壁を擦って出し入れされるたび、違和感が快感に変換されていった。

「何、腰揺らしてんの？」

「っ！」

理人に訊かれるまで自覚していなかった。私は、彼から与えられる快感を貪るみたいに、腰を浮かせて揺らしてしまっていたのだ。

「物足りなくて、自分で動いてんだ。はしたないよな」

親友と男女の関係を持ってしまうことに対する抵抗感は持ち続けているものの、その思考に反して、私の身体は女性としての悦びを示している。

情けない――。自分自身が、こんなに簡単に欲望に支配されてしまう人間だなんて、知りたくなかった。

「ま、そうさせてるのは俺なんだけど。……なぁ、もっと気持ちいいこと、してほしいだろ？」

指を私の膣内に挿れたまま、私を見下ろして訊ねる理人。

その瞳には興奮と同じくらい、嗜虐的な光を湛えている。

「自分から腰揺らして動いてるくらいだから、もっと感じたいんだろ。俺の指で」

「あ……あっ……」

言葉を紡ぐのが怖かった。

理人の愛撫に無意識のうちに身体を許し始めている今、肯定するだけに留まらず、その先の行為をもねだってしまいそうで。

――って、何考えてるのよ、私。そんなのいけないのに！

理人は性別を超えた大切な親友なんだから。瞬間的な欲求で、これからの私たちの関係を歪めちゃいけない。

頭では、この状況がおかしいとわかっているのに、彼の言葉を完全には拒絶できないでいる。

「どうする？　ナカ、かきまぜてほしい？」

「ひぅっ……！」

奥まで埋めた二本の指を膣内で開いて、理人が問いかけてくる。

ばらばらに動かされて、広げられると、指が色んなところに当たって――身体の奥が、もっと疼いちゃうのに……！

「恥ずかしいなら、俺のせいにしたっていい。ほしい？　凪……教えて」

突きつけられる甘い誘惑。答えを急かすみたいに、彼は膣内の指を開いたり、閉じたりし続ける。

官能が煽られてたまらない。

「素直になれよ。気持ちよくなりたいなら、さ」

理人の囁き声が、守ろうとした最後の砦を打ち壊してくる。

もうだめ――我慢できない……私、私っ……！

「……しい」

音になるかならないかくらいの声を、吐息とともに発した。

「ほしい……理人っ……してほしいのっ……」

「凪、可愛い」

彼の顔を見ることができず、俯きながら告げる私にそう言うと、彼は膣内の指を鉤形に曲げた。そしてぐちゃぐちゃとかきまぜてくる。

「ぁあっ、やぁあっ……！」

突然もたらされる強い刺激に、喘ぎを抑えることができない。

身体中の力を一気に吸い取られてしまうような場所をピンポイントで刺激され、あっという間に絶頂感が高まった。

「もうイきそうなの？　そんな顔してる」

切羽詰まった様子に、理人も気付いているらしい。彼は指の動きを速めて、私を強制的に高みへ導こうとした。

「だめ、だめっ……ぁああっ、やぁああっ……!!」

自分で懇願したものの、罪悪感が消失したわけではない。親友の手で絶頂を味わうというインモラルさに戸惑い、否定的な言葉が口をつく。けれど、もう遅かった。

「ぁああああっ……!!」

指先から与えられる快感を味わい尽くした私は、びくんびくん、と大きく身体を震わせ、達してしまった。

緊張しっ放しだった全身が弛緩し、絶頂特有の気だるさに包まれる。理人はそれまで私の膣内を探っていた指を身体から抜くと口元に運び、滴る蜜を舐め上げた。そして——

「休んでる場合じゃない。もっと気持ちいいこと……しなきゃ終われないだろ?」

私の腕を引いて抱き寄せた。唇に触れるだけのキスを落とし、理人は再び私を組み敷いた。

細いだけだと思っていた理人の身体は、筋肉質で胸板もしっかりとしていた。

衣服を脱いだ彼の身体を眺めて、まるで芸術作品みたいだなと思う。

プロのモデルというと食事制限をして、ガリガリの体形を維持するという偏見があったのだけど、どうやら違うらしい。鍛えることも大事なのかもしれない。

「凪、身体の力抜いて」

百八十センチを上回る身長で、細マッチョの体形。肌も女の子みたいにきめ細かく、腕や脚は長い。おまけに顔は日本人離れしたイケメンだ。

同じように、生まれたままの姿でいるのが恥ずかしい。美人でも華奢でも色気があるわけでもない自分が、彼のとなりにいてはいけないような気持ちになってくる。

「やっぱりちょっと怖いっ……」

「大丈夫。痛くはしないから」

理人が放った糸から未だ逃れることのできない私は、まさに今、彼と一線を越えようとしているところだった。

理人は自身のものに避妊具を装着し、私の両膝を割り開いて腰を持ち上げている。そして彼は、露わになった私の秘裂に、自らを押し当てた。

ゴム製の膜越しに理人の体温を感じることで、これから起こる出来事が夢ではなく現実であるのだと再確認させられる。

それにしても……何を今さらという感じではあるけれど——理人が避妊具を持っているとは。彼が男性なのだと思い知らされた気分だ。

煌びやかな世界に身を置き、新しい人との出会いが盛んにある彼であれば、恋愛経験も多いのは一応承知していたはず。

むしろ、こういうものをきちんと使用しているのなら、最低限のエチケットを守っているということで安心するのだけれど……そういうことではなく。

私が性的なイメージを抱いていなかった理人が急に男性的な要素を見せてくることに、どうしても不思議な感じを覚えてしまうのだ。

理人の寝室。

大きなベッドと観葉植物しかないこの部屋に、彼は女性を連れ込むことがあるのだろうか。連れ込むとしたら、それはどんな女性なのだろうか。

「挿れるからな、凪——」

そんな想像を巡らせていると、理人は腰を掴んだ手に力を入れて、私をやや手前に引き寄せた。

と同時に、指よりも太くて熱いものが、入り口を突破して膣内に挿入り込んできた。

「く、んんっ……！」

お腹のなかに、大きな栓をされているみたいだった。先ほどよりも遥かに強い圧迫感に、呼吸が少し辛くなる。

誰かと繋がるって——セックスって、こんな感じだったっけ。

もう長いこと縁遠い行為だから、なかなか思い出せない。

あれ、一番最後にしたのっていつだったっけ。

大学時代、フラれっぱなしでそんな踏み込んだ段階までお付き合いが進むことはほとんどなかったけど——

あ、入学して割とすぐから短期間だけ付き合ってた先輩としたのが、最初で最後？？

我ながらショックだ。……そこまで昔の話だったなんて。

「痛い？」

「……ううん、だ、いじょうぶっ……」

何年もセックスをしないと、膣内が狭くなって性交痛が出るという話を聞いたことがある。けれど、痛みは生じていなかった。

「そうか。動いて平気？」

私が頷くと、彼が徐々に抽送を始めた。

いきなり深く押し込んだり引き抜いたりすることはせずに、彼は小さく腰を揺すって、私の反応を眺めている。私が痛い思いをしないように、気を遣ってくれているのだ。

膣内で細かく擦れていくうちに次第と圧迫感が薄れ、それに代わる形でじわじわとした快感が募っていく。

「はぁっ……んんっ……理人っ……」

「うん？　どうした？」

「もっと……強くしてもいいよっ……」

本当は、自分が少し物足りなくなっていたのかもしれない。私が声をかけると、彼は小さく頷いた。一回のストロークが深めになる。

それに伴い、奥のほうまで彼の質量が侵入して、深い部分を広げられた。一回、二回、と彼が通過するたびに、気持ちいいという感覚が蓄積されていく。

「んん……！」

「気持ちよくなってきた？」

「うんっ……」

「ずいぶん素直だな」

これまで頑なに快感を否定していた私が、すんなりと認めたのがおかしかったのか、理人はくすくすと笑った。

「――ま、それならそれで苛めるだけだから、いいけど」

私の膣内を穿ちながら、彼は私との結合部にある突起を弄る。

「んんっ！　ぁあっ！」

「ここ赤くなって膨らんでる。触られるともっと気持ちいいだろ？」

「はぁんっ……やぁっ！」

そんな風にコリコリされると、頭のなかが真っ白になっちゃう！

強すぎる快楽を振り払うみたいに、首を横に振った。

「だめだろ、凪。気持ちいいときは素直に認めないと。じゃないと」

彼は少し汗の滲んだ顔を上げて薄く笑むと、ぴたりと動きを止める。

「っ……」

「してあげないよ。……どうする？　動いてほしい？」

そんなのずるい。私に委ねるだなんて。

けれど――

「気持ちいいっ……理人に触られながらナカを擦られるの、気持ちいいのっ……」

半ば理性を失っていた私は、気付けばそう言っていた。

理人の視線を感じる。私を冷静に見下ろす、彼の視線を。

――恥ずかしい。こんなことを要求する姿を、じっと見つめてほしくない。

せめてそんな彼の姿を意識しないようにと、私はきつく目を閉じて続ける。

「だから、してっ……理人ので、いっぱい私のナカをかきまぜてほしいっ……」

「凪のそういう台詞、めちゃくちゃそそる」

興奮の吐息を帯びた声が、頭上から降ってくる。

普段、まるで男の友達同士のようなやり取りをする私の、いわゆる『女の顔』という部分は、彼にとって想像し得ないものだったのかもしれない。

「泣きそうな顔で、恥ずかしいことお願いしてるお前……めちゃくちゃにしてやりたくなる」

「はあんっ!!」

彼が律動を再開し、それまでよりも激しく私の身体を貫いた。

「どこが感じるか教えて？　奥？　それとも入り口のほう？」

彼の切っ先が奥を、幹から根元の部分が入り口を押し広げて、刺激する。

どこがだなんてわからない——どちらも同じくらい、気持ちいいのだから。

「それとも、ここか？」

彼の親指が、また感じやすい突起を捉える。

ころころと指の腹で転がされ、まるで神経を直接撫でられているみたいな刺激を感じた。

「だめっ、それ、おかしくなっちゃうっ！」

「やっぱり、ここが一番イイみたいだな」

秘芽を捏ねたときの私の反応を見て、理人はそこを重点的に攻めることにしたらしい。

抽送は続けながら、奥を突くタイミングに合わせて指先で執拗に刺激してくる。

「ぁあああっ！」

「おかしくなっていいよ。またイキそうなんだろ？」

頭のなかに靄がかかって、何も考えられなくなっていく。

今はただ、理人の愛撫に翻弄されたい。

思いきり、気持ちよくなりたい！

「俺ももう――我慢できないかも……このまま、イきそうっ！」

私の膣内に叩き付けるような勢いで、彼の律動が激しくなる。

「凪、凪――イくっ……！」

「ぁあああ、んんんっ……！」

理人が一際強く奥を抉ったそのとき、私と彼は同時に果てた。

現実感が薄らいでぷわぷわした心地でいると、彼は私に、まるで恋人にするような優しいキスをした。

3

「浅野くん、だったね。どうぞかけてください」

「はい、失礼します」

理人と身体の関係をもった一週間後。週末に、理人は埼玉にある私の実家に来ていた。

緊張した面持ちの父が、ぎこちなくソファを勧めると、理人は深々と頭を下げてからそこに座った。私もそれに続いて、となりに腰かける。

実家のリビングのソファは二人がけがひとつと、一人がけがふたつ。父は私たちが座ったのを見届けてから、独立した一人がけのソファに腰を落ち着けた。

「さ、どうぞ。コーヒーでよかったかしら」

忙しない足音を立てて、キッチンから母がやってくる。パタパタというスリッパの音は、実家で暮らしていたときはよく耳にしていたので、懐かしい感じがする。

母はテーブルの上に人数分のコーヒーカップと、ケーキを置いた。近所にお店を構える、母のお気に入りのケーキ屋さんの、スペシャルショートケーキだ。たっぷりの生クリームに、三段に重なったスポンジ、それと大粒のイチゴの組み合わせは見た目にも贅沢。味もため息が出るほど美味しい。それだけに、値も張るシロモノだった。

我が家では何か特別なイベントでもない限り、食卓に上がることはない——つまり、今日がそういう日であることを示している。

「これね、美味しいんですよ。よかったら召し上がって」

「ありがとうございます」

得意げな笑みを浮かべる母にも、理人は丁寧にお礼を言った。

「あ、でもモデルさんだと、こういう甘いものって食べちゃいけないのかしら?」

「いえ、そんなことないです。いただきます」

「まさかあの浅野さんが凪の——だったなんてねえ。凪ったら、そんなことちっとも教えてくれなくて」

うちの母はミーハーだから、雑誌やテレビで知ってる芸能人をこんな間近で見られるのが嬉しいのだろう。しかも、自分の娘が連れてきたとなればなおさらだ。

でもお母さんは、ひとつ勘違いをしている。

しているけれど……私は今日、その勘違いを正すことはできないのだ。なぜなら、母と父を勘違いさせることが、ここへやってきた目的なのだから。

「あ、えっとお母さん、そのことなんだけど」

「今日は、お話があってお邪魔しました」

私の言葉に被せるような形で、理人が両親に声をかけた。

ソファにかけていた父はもちろん、運び終えたトレイを胸に抱き立ったままだった母も、理人の真剣な眼差しと口調に、これから何か深刻な話が始まると察して、その場に座る。

「初めてお家にお邪魔して、いきなりこんな話から始めるのも何ですが……でも、決めたことなので、一番に言わせてください」

そこまで言うと、理人は一区切りつけるように、小さく息を吸った。

「凪さんとの結婚を許してください」

これ以上ないストレートな台詞だった。理人は言いながら、さっきよりもさらに深く、頭を下げる。

私は両親の反応を見るため、彼らに視線を向けた。

「…………」

『大事な話がある。そのときに、会ってもらいたい人がいる』なんて思わせぶりなことを伝えておいたからか、ふたりともある程度は覚悟していたようだ。けれど、実際そういった状況になると、にわかには反応できないらしい。驚いた表情を浮かべたまま、言葉を失っている。

私はぼんやりと、杏のことを思い出した。

電話をしたあの日は、淳之介の家に挨拶（あいさつ）をしに行くと言っていたはず。それから時間は経ったけれど、無事に終わったのだろうか。そして、杏の家への挨拶（あいさつ）も。

杏たちもこんな風に、なんとも言えない空気を味わったのかな——なんて。

「あ、あの……だめ、かな」

会話が止まったままだったので、私からおずおずと切り出す。

「だめなんてことはないわよ！」

声高に返事をしたのは、母だった。

「凪、すごいじゃないの。有名なスターを捕まえるなんて。こんな素敵な人と一生過ごせるなんて、あんた幸せ者よ」

母親は私に向かってそう感嘆の声を上げたあと、理人のほうへと身体を向けた。

「浅野さん。これといって取り柄（とりえ）のない凪のどこを気に入ってくださったのかわかりませんが、どうかこの子を幸せにしてやってくださいね！」

「はい、もちろん」

理人が力強く頷く。

……ちょっとお母さん、さり気なく私のこと下げないでよ！　まったく。

「お父さんだって、反対しないわよ。ねえ、お父さん」

母が黙ったままの父にトスを上げる。すると、父は少しの間のあと、「ああ」と頷いてから続けた。

「凪には、凪の決めた人と結婚してもらおうと思ってましたから、もともと反対する気はありませんでした。でも浅野さん、あなたの今の言葉を聞いて、あなたになら娘の将来を託したいと素直に思えました」

それから父は、私を見て微笑んだ。

「いい人に選んでもらったな、凪。おめでとう」

「……あ、ありがとう」

今までに見た父の笑顔のなかで、一番優しい笑顔だった。

「よかったわね、凪」

母はトレイを抱きしめたまま、瞳を潤ませていた。

――まさか、私の結婚をこんなに喜んでくれるなんて。

こんな歓迎を受けたあと、実はフリをしてただけでした――とか打ち明けるのはあまりにも酷いよなぁ、と罪悪感に胸が痛んだ。

理人に強引に迫られたあの夜から、私は理人の奥さんになった。

いや、正しく言うと、理人が既婚者の気分を味わえるように、奥さんのフリをすることになったのだ。

成り行きで身体を重ねてしまったとはいえ、基本はフリだと高を括っていたら――あれよあれよという間に引っ越しさせられるわ、彼の事務所や担当マネージャーに結婚の挨拶に行かされるわ、婚姻届を書かされるわの大騒ぎ。

彼や私の両親への挨拶までするものだから、「あれ、これって本気の結婚？」と、私自身も大いに混乱した。

まずは引っ越し。

理人の住むあの高級マンションへと、私が移り住むことになった。

理人が「家具や備品は、必要なものがあれば購入する」と言い切ったので、どうしても必要な身の回りのもの以外は持って行かず、最低限の荷物に留めた。

引っ越しというと、憂鬱で疲れてしまうものだと思っていたのだけど、今回は非常に楽だった。

お次は、彼の事務所や担当マネージャーへの挨拶。理人と一緒に「この度、私たち結婚します！」というご挨拶をしてきたのだ。

最初はもちろん、私が拒否した。

だって、フリで結婚するのに挨拶する必要なんてないと思ったし、事務所にとっては稼ぎ頭とも言える若手スターの結婚なのだから、当然いい顔をされないだろうと考えていたからだ。

ところがどっこい、事務所の反応は良好だった。

どういうわけかと訊いてみると、件の映画の主役の座を射止めたことで、事務所サイドも彼を今までの『若きイケメンモデル』とは違う方向で売りたいと考えていたというのだ。その新しい方向が、『カリスマ性のある若いイケメンのパパ』。そんなリスキーすぎてまだ誰も開拓していないイメージに結び付けて売っていこう、という計画があるらしい。

なので、「子どもを早めに頼むよ！」なんてエールまで頂いてしまう結果になった。……なんだかなぁ。

そして婚姻届。これが一番複雑な気分だった。

あくまでリアリティの追求のために記入するだけであって、実際には提出しないと理人からは説明されていた。それでも、書類に互いの情報を書き込んでいくと、「これを役所に持っていけば、普通に受理されてしまうんだよな」……と、恐ろしさを感じてしまう。

『これを提出したら、俺たちいよいよ夫婦になるわけだよな』

婚姻届を書いている途中、理人がいたずらっぽく言った。

『けど、本当にいいのかな。私たち、婚約者でも恋人でもないのに……結婚なんてしちゃって』

私が訊ねると、理人はゆるく首を横に振った。

『心配するな、この届を実際に提出することはない。この結婚はフリでいいんだ。リアリティを出すためだって言ったろ？』

――リアリティを出す。

すべてはやはり、役作りのため……というところに集約される。

とにもかくにも、リアリティ。

ちなみに、理人の所属事務所にも、彼や私の両親にも、結婚がフリであることは伝えていない。

理由はもちろん、「そのほうがリアリティが出るから」だそうだ。

もう、勝手にしてくれという気分だ。黙認したのではなく、ヤケになったというほうが正しい。

正直、面倒なことに巻き込まれてしまったという感情が強く、「いい加減にして！」と強く訴えかけたこともある。けれど、理人は――

「え？　だって協力してくれるって言ったじゃん。どうせフリなんだし、別によくない？」

と、こんな調子で、全然話にならないのだ。

役作りとしての必要性がなくなったら、周囲には「離婚した」と伝えるつもりでいる。戸籍には傷はついていないのだから、もうそれでいいやと私は半ば、開き直っていた。

はいはい、どうせ最初に安請け合いした私が悪いんですよーだ。

すみませんね、考えなしにこんな重大なことをＯＫしちゃって！

……最近は誰にもこぼせない愚痴を、こんな風に、ただただ自分の心のなかで消化する日々を送っている。

「お疲れ様ですー」

午後六時の終業時間が過ぎた。

タイムカードを打刻して帰宅の準備を整えた私はデスクから立ち上がり、荷物を纏(まと)めて周囲に挨拶(あいさつ)をする。

「あっ、凪っ、待って」

となりのデスクでちょうど帰り支度をしていた亜子(あこ)ちゃんが、私を呼び止めた。

「一緒に帰ろうよ。わたしももうあがるから」

「うん」

私が頷(うなず)くと、亜子ちゃんが椅子から立ち上がった。頭の後ろでひとつに束ねた髪が微(かす)かに揺れる。

亜子ちゃん――須永(すなが)亜子は私の同僚で、会社の経理を担当するひとりだ。

同い年で入社時期も一緒。オフィスで働く女子社員も少ないことから、自然と仲良くなって、休みの日にも遊ぶ仲になった。

「ちょっと前まで夕方でも暑かったのに、急に涼しくなってきちゃったね」

オフィスの入っている雑居ビルを出ると、なるほど、亜子ちゃんの言う通り、涼しい風を感じた。というより、昼間は温(ぬる)く感じた空気がむしろ冷たいくらいだ。

「もう秋かあ。一年、あっという間だね」

日中のオフィスは冷房が入るため、私は長袖のカーディガンを常備している。それをトートバッグから取り出し、羽織りながら言った。

「わかる！　もう入社して三年以上経つなんて、早いよね」

「亜子ちゃんと一緒に働き始めてそんなに経つんだねー。ついこの間みたいな感じするけど」

社会人になってからというもの、時の流れが早すぎて困る。

学生時代に比べて、自由になる時間が減ったからだろうか。朝は九時から仕事が始まって、夜は六時に終業。

平日はそれの繰り返しで、週末にやっとプライベートの時間が得られる。けれど、平日にたまった掃除や洗濯をこなし、友達とお酒を飲んだり仕事の愚痴(ぐち)を言ったりしてるうちに、気が付けばまた月曜日だ。

そんな決まりきった日々だけど、それはそれなりに楽しい。繰り返すようだけど、平凡な毎日が送れる幸せが心地いいのだ。

……近ごろはイレギュラーなことが起こりすぎていて、『平凡』が幸せであると実感しているところでもある。

「ねえ、久々にご飯食べていかない？」

駅に向かう途中にある和定食屋さんを示して、亜子ちゃんが言う。

そのお店は半年前にできたばかりだけど、私たちはランチでよく利用していて、「機会があったら夜も入ってみたいよね」なんて話をしていたのだ。

「あ、ごめん。ちょっと今日は帰らないといけなくて」

「先約かー、残念」

今までひとり暮らしだった私は、食事に誘われればまず断らなかった。断るとすれば、よほど体調が悪いか先に約束があるかのどちらかであると、親しい間柄の亜子ちゃんは知っている。

「先約っていうか……うん、そんなところかな」

「凪、最近、早く帰っちゃうこと多いよね」

「え……あ、そうかな」

曖昧な笑みで首を傾げて答える。

確かに、このごろは終業時間になったらすぐ帰宅している。それがただいま同居中の夫（仮）である理人の希望だからだ。

何でも、夜を奥さんと過ごす感覚とやらを味わいたいらしい。だから理人が家にいて、かつ私が早く仕事から帰れる日や、ふたりの帰り時間が重なる日は、なるべく一緒に夕食を取ろうという話になっているのだ。

「もしかして凪、彼氏できたの？」

ニヤリと目を細めて、亜子ちゃんが訊ねた。

「ち、違うよ」

「えー、何かうろたえてない？」

「うろたえてないって！」

「本当かな～？」

バレたくない一心の私の反応が、亜子ちゃんの目には必死に映ったのだろうか。彼女は確信を得たとばかりに、口角を持ち上げて笑みを見せる。

「ち、違うってば、本当に！」

「むきになるところがますますアヤシいんですけど～？」

否定すればするほど、ドツボにハマっていくようだ。

「もー、違うったら違うの！ ……じゃあ私、今日はこっちだから」

こっち、と言って、私はすぐそこに迫る地下鉄の入り口を示した。

あともう五分ほど繁華街を進むと、普段私と亜子ちゃんが利用しているＪＲの駅が出現するのだけれど、引っ越しをすませた私の今の住処は、理人の自宅。

そちらへ向かうには、ＪＲではなく地下鉄を乗り継がなければならない。

「あー、やっぱりデートだ！」

「だから違うって」

「彼氏さんによろしくねー！」

完全にそうだと思い込んでしまっている亜子ちゃんは、大きな声でそう叫びながら、頭上でぶんぶんと手を振り私を見送ってくれた。

道行く人が何事かと私たちを振り返ったりしている――あぁ、だからそんなんじゃないのに！

改札に続く階段を下りながら、嘘はついてないよなぁと自分自身を納得させる。だって、理人と私は付き合っているわけじゃないから、イコール彼氏ではないのだ。

……「今から仮の旦那の家に帰ります」だなんて言ったら、亜子ちゃんはどんな顔をするのだろうか。

っていうか、その前にそんなの信じてもらえないに決まってる。

『仮』の旦那だなんて、誰が聞いたっておかしいと思うはず。

途中、ターミナル駅で一度乗り換え、最寄り駅に到着する。オフィスや学校の多い街だから、この時間、ここから乗る人は多くても、降りる人は少ない。

駅から理人のマンションは目と鼻の先だ。ひときわ目立つ背の高い建物が私の家になったんだなぁと思うと、恐縮して落ち着かない。

「お帰りなさいませ」

「あ……ど、どうもっ」

たとえば、フロントのコンシェルジュ。

そりゃ、私もこのマンションの住人になったわけだからそう挨拶されるのも当然なのだけど、やっぱり慣れない。

これまで一般庶民として生きてきた私は、家族以外にそんな言葉をかけてもらったことなんかないのだ。会釈してしどろもどろに答えるのが精いっぱいだった。

セキュリティを通過して、エレベーターに乗り込む。

エレベーターに乗り合わせる他の住人にも、緊張してしまう。

あまり他人をじろじろ見るのは上品とは言えないけれど、すれ違えば否応なしに視界に入ってくるのだから、ある程度は勘弁してもらいたい。

駅前という好立地で環境もいいこのマンションには、理人以外に多くの芸能人や著名人が住んでいる。

タレント、キャスター、スポーツ選手、作家。自分とは一生縁がないだろうと思っていたそんな人達に出くわすと、「この人、本当に存在してるんだ！」と感動すら覚えてしまう。

目指すは十八階。

身だしなみを確認せよとばかりに鏡に囲まれ、エレベーター内で上昇中に耳の奥が変になる感覚を味わう。

エレベーターホールに到着すると、そこからすぐの部屋の前で鍵を取り出し、解錠する。

理人と私は生活リズムが違うから、合鍵が必要だろうということで作ってもらった。鍵穴は二か所、それぞれ違う鍵で開くようになっている。

扉を開けて、身体を滑り込ませるようにして素早くなかに入る。この私の行動を、理人は「いい加減気にするのやめたら？」なんて笑うけど、私は笑えない。

フリとはいえ、世間的には夫婦になってしまったのだ。

一緒に住んでもいることだし、誰かに見つかってしまったら騒がれてしまうかもしれないじゃないか。

用心するに越したことはない。

鍵をかけて振り返ると、廊下の明かりが点灯していた。

玄関に理人が気に入ってよく履いているスニーカーが置いてあるということは、彼は先に帰っているのだろう。

通勤用のパンプスを脱ぎ、それを揃えると、私は廊下の先にあるリビングに向かった。

「おかえり」

ソファに腰かけていた理人が、テレビから視線をこちらに向けて言った。

「た……ただいま」

大学からずっとひとり暮らしをしていたから、こういう家族ならではの台詞(せりふ)が久しぶりすぎて、どんな反応を示していいのかわからないでいる。

普通にサラッと返事をすればいいのだろうけれど、仮とはいえども夫婦という関係性がどうしても照れくさい。

だって、親友だったはずの理人が夫だなんて——と、ふとした瞬間に、まだ納得しきれていない自分が顔を出すのだ。さすがに、もう開き直りつつあるけど。

「時間あったから、夕飯作っておいた」

「え、ホント？」

自分でも声が一オクターブ高くなったのがわかった。いつもは私が作ることがほとんどだから、まさか彼が用意してくれているとは思わなかったのだ。

素直すぎる私の態度がおかしかったらしく、彼は笑いながら立ち上がって言った。

「本当。手洗って来いよ、支度するから」

「ありがと！」

私はカーディガンを脱いで手にしていたバッグのなかに入れると、それを傍らに置いた。それから、廊下に戻って洗面所に続く扉を開ける。

洗面所とバスルームは一続きになっていて、洗面所のスペースの向こう側に、バスルームへの扉がある、という構造だ。

洗面所の棚には、立てて置くタイプのお香が置かれていて、何とも言えないいい香りが漂う。

男性の家にルームフレグランスとは、さすが華やかな生活をしてる人は違うなと思ったのだけど、理人の趣味とかではなく、仕事で関わった人からのもらいものなんだそうだ。

もらいものといえば、このオーガニックだというハンドソープもそのひとつらしい。ハーブの香りで、ご丁寧に同じラインのミルクローションまでセットでとなりに置いてある。

高価なものであろうことは、ラベルの雰囲気とガラスのパッケージでなんとなくわかった。使うたびに、恐縮してしまう。

タオルで手を拭き、リビングに戻る。奥のアイランドキッチンのカウンターに、理人が準備しておいてくれたらしい料理が並べられていた。

グリーンサラダにトマトと玉子のスープ。キノコのソテーと、メインディッシュがジンジャーポークか。とても美味しそう。

理人は体形維持のため、自宅にいるときは炭水化物をとらないのだそうだ。

こういう仕事をし始める前からスリムで、太りにくい体質ではあるらしい――何て憎たらしい体質なんだろう――けど、プロである以上は気を遣うということなのだろう。

彼曰く、「炭水化物は外食でとる機会が多いから、家にいるときくらいは控えないと」とのことなので、夕食に限っては、私もそれに付き合うことにしている。

……彼の真似をすれば、少しは痩せるかなぁ、なんて考えたりして。

「座って」

「うん」

「ビール、もう飲む？」

わざわざ私の大好物を勧めてくれるのは嬉しい。でも。

「ううん、お風呂上がりにする」

やはり家でのお酒は、もうこれ以上することがない、というリラックスタイムに飲むに限ると私は思っている。

だからそうキッパリと答えると、

「わかった」

と理人が笑って頷いた。

……別に、面白いこと言ってないんですけど。

スツールに座ると、彼がグラスにミネラルウォーターを注いでカウンターの向こうから手渡してくれた。受けとって、傍らに置く。

「いただきます」

彼がとなりに座るのを待ってから、手を合わせた。

まずはグリーンサラダから。……うん、問題なく美味しい。ドレッシングは、フルーツ系の酸味を感じる。

「今日は仕事、忙しかった？」

「ううん、そうでもなかったな。教室のほうでもトラブルなかったし」

一日を振り返りながら答える。それから、キノコのソテーを口に運んだ。

……これも美味しい。

そういえば、理人は以前アルバイトで喫茶店の厨房の仕事をやっていたとかで、料理が得意だったんだっけ。

みんなで家に遊びに行ったとき、冷蔵庫のありものでパスタを作ってくれたことがあった。あれすごく美味しかったなぁ――なんて記憶が頭を過る。

「久々の理人の料理だね」

「ああ、昔作ったりしたっけ。どう、腕落ちてないだろ？」

「うん、美味しい。……ゲーノージンになって専属シェフでも雇ってるかと思ったのに」

「そんなわけないだろ」

理人は箸を持つのとは逆の手をひらりと振って笑った。

そういう俳優さんとかモデルさん、いるって聞くけどなぁ。

「普段ひとりで家にいるとき、こんな風に料理する？」

「外食だとどうしても栄養偏るし、油とか塩分とか多くなるから。余裕があれば作ったりする」

「私より偉いかも」

自らの生活を思い返して、自嘲的な笑いがこぼれる。

平日、仕事から帰った後にご飯を作るのは億劫で、つい外で食べるか買うかしてしまう。休日は休日で、普段会えない友人との約束などで、外出していることが多い。私の生活に、料理を作るという工程が入る隙がないのだ。

「って言いつつ、一緒に住み始めてからは凪も結構作るじゃん」

「それはほら、義務だから」

ジンジャーポークにそえられた玉ねぎを咀嚼しつつ呟く。口が自然とへの字になってしまった。

理人と一緒に住み始めてもうすぐ二週間。

自慢できないレベルの食生活だった私がふたり分の食事を用意しているのは、夫婦の感覚を味わいたいという彼の希望があるからだ。

私と理人は、彼の目的があって同棲している。その目的とは、夫としての役作りだ。

どういう形であっても、人間というのは求められれば、それに応えなければ、という感情が生じるようにできているらしい。

私の場合もそうだ。彼の役作りに活きなければ、こうして仮の夫婦として生活している意味もなくなってしまう。だから夫婦として生活する以上、協力できることはしなければならない。いわば料理は、私に課せられた義務、なのだ。

「義務とか言うなよ。他人感すごいんだけど」

「だって義務は義務でしょ。仮の妻としての義務」

「もっとさぁ、可愛い言い方で雰囲気出せないわけ？　『大好きな旦那様の健康管理がしたくて』とか」

「私、演技できないタイプだからなー。本当のことしか言えないから」

『大好きな旦那様』とか、私が言うとでも思ってるのか。想像するだけで笑える。

トマトと玉子のスープは、優しい味がしてホッとする。まさに、理人や他の仲間たちと過ごす感覚に似ていた。

「――ごちそうさまでした～」

他愛のない会話を交わしつつ、作ってもらった料理を平らげ、手を合わせる。

「全部美味(おい)しかった、ありがとね、理人」

「どういたしまして。気に入った？」

「そりゃあもう。毎日食べたいくらい」

オーバーではなく、本音だ。味付けも私の好みに合っていて、栄養のことも考えられている。

仕事から帰ったあと、こういう料理を出してもらえるっていうのは、すごく魅力的だ。

「俺の仕事が落ち着いてるときなら、また作ってやるよ」

私とほぼ同時に食べ終わった理人が、シンクのほうへ食器を一纏(ひとまと)めにしながら言った。

「ありがと、嬉しい――あ、食器は私が洗うね」

「サンキュ。俺は風呂沸かしてくる」

そう言うと、彼はバスルームへ向かった。

夕飯を作ってもらっておきながら、片付けまでやらせてしまうのは心苦しい。それに、本来であれば妻役の私が作ってしかるべきなのだ。

「さて――」

シンクの前に立ち、重ねて置いた食器を洗っていく。

どうでもいいことだけど、食器用洗剤はいわゆるドラッグストアなどで売っている普通の合成洗剤であることがわかり、安心した。

この家はどこもかしこもオシャレだから、少しでも庶民的な部分を見つけると妙に嬉しくなる。

洗剤を泡立てたスポンジで、お皿を一枚一枚丁寧に洗いながら、あぁ……私、今この瞬間、奥さん業をしっかりやってるんだな、とぼんやり思う。

――結婚するってこんな感じなんだろうか。

結婚どころか、一緒にいたいと思う異性すら見つけられていない私だけど、今、一緒にご飯を食べて、片付けをして、お風呂に入って――という、毎日の暮らしのなかに相手がいる生活を送っている。

限りなく現実の結婚に近いような状況を、理人と過ごしている。けれど、これはフリにすぎないから現実の結婚生活とは言えないだろう。

とすれば、いずれ、「この人だ！」と決めた誰かと日々の生活をともにするのだろうか。……私にそんなこと、できるんだろうか？

「何ボーッとしてるんだ？」

「っ！」

耳元で理人の声がしたと思った瞬間、背後に体温を感じる。

そう、私はいつの間にか彼に後ろから抱きすくめられていた。

――びっくりした。

「や、やめてよっ。お皿落としちゃうかと思った」

「割れたら割れた、そのときだ。それに、いいだろ別に。夫婦なんだし」

彼の温かな吐息が耳に当たって、くすぐったい。

「な……何度も言ってるけど、『仮』の夫婦でしょ？」

抗議のために一度スポンジやお皿を置いて振り返ろうとするけれど、それを制するように肩をきつく抱きしめられる。

「俺も何度も言ってるけど、仕方なしに、わたしはお皿洗いを続行することにした。

出た。理人の決まり文句、『リアリティ』。

「リアリティってことは、あくまで現実そのものじゃなくて、現実っぽさがあればいいってことでしょ。なら、実際にそうする必要なんて――」

「普段の振る舞いに出るもんなんだよ。凪はどうも、俺に対する態度がまるっきり友達のまんまだよな」

……そりゃあ、友達ですから――なんて思っていると、理人は耳元で続けた。

「これから接し方を変えていくように努めてもらわないと。友達じゃなくて夫婦、っていうのが、今の俺たちの関係」

「あ、ちょっと――」

理人の手が、私のブラウスの胸元に滑り込んでくる。

スポンジをシンクに放るように置き、まだ泡のついた手で、私は彼の手を掴んだ。

「――な、何するのっ」

「何って、夫婦のスキンシップ」

「わ、私の話聞いてた？」

私たちはあくまで『仮』の夫婦なんだから。だからスキンシップなんて必要ない、というのが私の意見なのだけど――理人はそんなの聞く耳持たず。もう片方の手で私の手を退(ど)けてしまうと、ブラのカップの間に指先を滑り込ませる。

「やっ……！」

「凪の髪、いい匂いする。シャンプー？　それとも、スタイリング剤？」

耳元で囁(ささや)きを落としている彼が、鼻を鳴らして訊いてくる。

「か、嗅(か)がないでよっ……」

「だって甘くていい匂いするから」

一方で、ブラのカップのなかをまさぐる手は、隠れていた胸の頂(いただき)を見つけ出していた。理人の指が、私の胸の先を扱(しご)くように摘(つま)んだりする。

「そっちも、だめっ……！」

「そっちってどっち？」

「だ、だからっ、胸っ、触るのっ……！」

わかっているくせに、とぼけたフリをして指先を動かすのを止めない理人。

「先っぽ、尖ってきちゃってるのに？」

「……そっ、それはっ！」

——それは理人が触ってるからなのに！

私の羞恥を煽るみたいに、愉しそうに問いかけてくるのがムカつく。

「もっとしてほしいくせに。昨日もここ、たくさん舐められて……気持ちよかっただろ？」

「〜〜〜っ！」

昨日——夜のベッドでのことに触れられて、私は声にならない悲鳴を上げた。

と同時に、泡だらけの手をついに滑らせ、シンクのなかに小皿を落として割ってしまう。

「あっ……」

「大丈夫か？　怪我は？」

「う、うん、大丈夫」

理人が胸に差し込んでいた手を引き抜くと、水道のレバーを操作し水を出して、泡を洗い流してくれた。

手が傷ついたりはしていないようだ。……とりあえず、よかった。

同棲を始めてからというもの、理人は私の身体を毎晩のように求めてくる。

私と理人は同じベッドで寝ている。あの、キングサイズの大きなベッドだ。理由は言うまでもなく、『リアリティ』の追求とやら。

夫婦ならそれが自然な形だろうというのが彼の主張だけど、だからリアルな夫婦と私達とではわけが違うんだってことが、彼にはなかなか伝わらない。

……とはいえ。

諦めの気持ちも多少はあるにしろ、彼とそういう行為をすることに、以前ほど戸惑いや違和感は覚えなくなった。

むしろ、今まで気に留めていなかった、彼の男性としての魅力を余すところなく見せつけられて、ちょっといいな、なんて思っている自分がいる。

下から見上げても上から見下ろしても常に整っている顔はもちろんのこと、私を力強く抱きしめてくれる筋肉質な腕や胸、鋭くも優しい眼差し。

……知らなかった。私がそこに注目していなかっただけで、理人という男性は、こんなにも魅力的だったのだ。

自分のなかで、親友というカテゴリに入れっぱなしで考えたこともなかったけれど、ひとたびそこから解き放ってみると、彼の印象は驚くほど変わった。

「皿の片付けは俺がやるから、凪はお風呂入ってこいよ」

「え、でも、理人だって怪我（けが）しちゃいけないでしょ。明後日から例の映画、クランクインなんだし」

そう、明後日からはいよいよ、理人が主役に抜擢（ばってき）された映画の撮影が始まるのだ。

そんな記念すべき日に、傷を作って現場に行かせるわけにはいかない。

「これぐらい平気。お前と違って、要領いいから」

「どーゆー意味よ？」

心配する私の気持ちを知ってか知らずか、理人はニヤリと笑って軽口を叩く。

ふんだ、せっかく気を遣ったのに。そこまで言うならやってもらうんだから。

「そーですか。じゃ、よろしく」

私は寝室に自分の着替えを取りに行くと、そのまま洗面所まで移動して、棚に置かれている衣類かごのなかにそれを突っ込んだ。

「……あれ。今のって、むしろ理人が私に気を遣ってくれた？」

着ていたブラウスのボタンを外そうとしたところで、はたと手を止め、呟く。

身体を売り物にしている彼が壊れ物の後片付けをすると、私が心配するから。わざと揶揄（やゆ）するような言い方をしたんだろうか。

理人が他人の気持ちに敏感なのは、前から気付いていたけれど、一緒に住み始めてからは、それがさらにわかるようになった。

彼は何というか――恩着せがましくない気遣いができる人だ。

私はそれを素直にすごいと思うし、いいなと思うポイントでもある。

きっと、理人みたいな人がパートナーだったら安心できるし、心強いんだろうな――

「って、何考えてんの」

理人相手に、本気でときめいてどうする。彼とは仮の夫婦なの！

彼の気がすめば、この同棲生活も解消して、もとの、ただの友達同士にもどるんだから！

急(せ)かされているわけでもないのに、素早くブラウスを脱ぎ、洗濯機のなかに放った。

「理人は友達、理人は友達――」

私は、自分に言い聞かせるようにして、芽生え始めた別の感情に蓋をしたのだった。

4

――十月下旬の、とある休日の朝。

覚醒(かくせい)と眠りの間を彷徨(さまよ)う私の意識を現実に引き戻したのは、頭上に置かれた携帯電話から発せられる着信音だった。

ヘッドボードに置いてある携帯電話を、手だけを伸ばして取る。目は閉じたまま、指先をスライドして感覚で通話状態にする。

「もしもし……」

寝起きの掠(かす)れた声で応答すると――

「もしもし、凪？　寝てた？」

聞こえてきたのは、つい数時間前まで私のとなりで寝ていただろう、『仮』の旦那――理人の声だった。

「うん……しっかりと」

「休みなのはわかるけど、いつまで寝てんだよ」

呆れたような声のあと、彼は気を取り直したようにこう続けた。

「今日は何か予定あるのか？」

「予定？　……いや、特には」

答えているうちに、だんだんと目覚めるモードに身体が切り替わっていく。ゆっくり目を開け、真っ白な天井を見つめながら答える。

「よかったら、こっち来いよ。細かい場所は携帯に送るから」

「え？　あの……」

「用件は以上。じゃあな」

理人はそれだけ言うと、アッサリと通話を切ってしまった。

「……何それ」

一方的に用件をすまされてしまい、私は不完全燃焼のまま、少しの間、回線が切断されたときの電子音を聞いていた。

するとすぐに、メッセージアプリ経由で、理人からのメッセージが届いた。

開封してみると、彼が今いるらしい場所の地図とＵＲＬが貼られている。

「ここに来いってことか……」

携帯をスリープにしてヘッドボードの上に戻してから、まずは上体だけを起こして大きく伸びをする。

理人の今日の予定は何だったろうか。勤め人ではない彼のスケジュールは、カレンダーとリンクしていないので、記憶を辿ってみる。

――そうだ。主演映画の撮影だったはず。しかも、スタジオではなくロケだと言っていた。

彼は私に、そのロケ地に来いと言っているのだ。

ヘッドボードには、理人が使っている目覚まし時計も置かれている。今時珍しい、左右にベルが付いたレトロなそれ。

「……まだ八時半じゃん」

いつまで寝てると詰（なじ）られるほどの時間ではないのに――と、不満が口をつく。

会社員をしている身としては、仕事から解放される週末くらい、多少は自由に寝かせてほしいと思っている。それくらいの贅沢（ぜいたく）であれば、堕落（だらく）にはならないのではないだろうか。

それにしても……理人の仕事場か。行くのって初めてだなぁ。

私みたいな一般人が、撮影をしているところに現れたりして大丈夫なのだろうか。っていうか、そもそも何のために呼ぶんだろう。

「でもま、いいか……」

疑問に思ってはみたけれど、次の瞬間には、私はその場所に赴くことを決めていた。

せっかくの日曜日だというのに、私は相変わらず暇を持て余す予定だったのだ。ごろごろと寝て過ごすよりは、理人の誘いに乗ったほうが楽しめるかもしれない。

私はベッドから出ると、支度をするためにバスルームに向かった。


理人がくれた地図には、東京の西側にある公園の場所が示されていた。

そこは紅葉の名所として有名で、そろそろ色づき始めるらしい。

都心にある理人の自宅からは、電車に乗っている時間だけでも一時間はゆうに掛かる。

快速電車の揺れに眠気を誘われつつ、私は最寄り駅に到着した。撮影場所にお邪魔するなら、差し入れでも持っていかなければいけないだろうか、と考え、駅ビルで購入する。

「わぁ……」

駅ビルを出て路地を曲がった途端に、色づき始めた紅葉が目の前に広がった。

直前までは都会的なビル群が立ち並んでいたのに、一歩外に向かって歩き出してみると、まるで別の場所にやってきたかのような変わりようだ。

「都内にもこんな場所あるんだ」

私は公園に続くオレンジ色の並木道を歩きながら、思わず呟く。

オフィスと自宅の往復を繰り返している私にとっては、小旅行でもしている気分。足取りも自然と軽くなる。

「ここ、かな」

入り口の案内板で公園内の位置関係を確認しながら、広場のほうへ向かう。

かなり規模の大きな公園なので、移動も一苦労だ。

——わ、大型のカメラが何台もある。あと、両手で持つような、先がモコモコしたマイクも！

まだ比較的早い時間で人が少ないのも幸いし、理人のいる団体は簡単に見つかった。

広場の真ん中で、台本持ちながら若い女優さんに熱心に指導してるのって、与監督じゃない？

しかもその女優さんは、最近ドラマに引っ張りだこの、宵月茗子じゃないだろうか。

私は母と違いミーハーなタイプではないけれど、秋口にもかかわらず海辺にいるような日除けのパラソルや、いくつも置かれたディレクターズチェアといったいかにもな風景を目の当たりにすれば、ワクワクせずにいられない。

撮影のために仕切られていて、その入り口には体格のいいスタッフらしき若い男性がふたり立っていた。

私は、電車のなかでも続けていた理人とのメッセージのやり取りを、今一度確認する。

『現場に着いたら、名前を言えば俺のところに連れてきてもらえるようになってるから』

今はカメラが回っていないみたいだけど、部外者の私がいきなり声をかけるっていうのも気が引けるなぁ。

理人に連絡してもいいんだけど、仕事の真っ最中だからか返信の間隔が空いていたので、今もすぐに反応が返ってくるとは思えない。

とはいえ、ここでずっと立ち尽くしてるわけにもいかないわけで――

「すみません、あの……浅野理人に呼ばれて来たんですけれども」

私は勇気を振り絞り、目の前の男性スタッフふたりに話しかけてみることにした。

「失礼ですが、どちらさまですか？」

片側の男性の目が鋭く光った気がした。

「えっと、吉森凪です」

「ヨシモリ……？」

ふたりは顔を見合わせて、怪訝（けげん）な表情になる。

ちょっとちょっと。理人のヤツ、私が来ることを伝えていないんだろうか。完全に追い出されそうな雰囲気なんですけど。

ふたりはどう見ても格闘技団体からやってきたような風貌（ふうぼう）で、拘束されようものなら、私には抵抗のしようもない。

「ごめんなさい、俺が呼んだんです」

と、そこへ理人本人が小走りにやってきた――パラソルの下からこちらに向かって、声を張り上げながら。

「理人」

よかった、助かった。私はホッとして彼の名を呼んだ。

スタッフふたりの様子を見てみると、先ほどの緊張感溢（あふ）れる表情とは違い、私と同じく安心した風に見える。

「私がお邪魔すること、伝わってないのかと思っちゃった」

「ちゃんと伝えてたんだけどな。お前、ちゃんと名乗ったか？　たまにファンの子が撮影のこと聞きつけて、勝手に入ってきちゃうことがあって、きちんと名前で確認するようにしてもらってるんだ」

「なるほど……」

一応ちゃんと名乗ったんだけど、今回はたまたま伝わらなかったということだろうか。

それにしても、人気者は大変だ。そういうトラブルは芸能のお仕事特有の悩みなのかもしれない。

あ——そういえば。今日の私の立ち位置は、どうしたらいいのだろうか。

監督は、『結婚してリアリティを出せ！』と命じた張本人だからいいとして。他のキャストやスタッフの人たちは、彼がフリで結婚していることを知っているのだろうか？

……いや、フリなんだからあくまで仲のいい友達っていう、ありのままを伝えればいい？

あー、どうするかって相談、さっきのうちにしておけばよかった。

私と彼の関係について、様々な思考が頭のなかを回っている。まさにそのとき。

「この人、俺の奥さんなんです」

理人が私の肩を抱いて、サラッと何でもないことのように告げた。

「えっ、浅野さんご結婚されてたんですか？」

片方がそう声を上げる。ふたりの表情が、面白いほどに一瞬で驚きに変わった。

「さっき確か、吉森さんって……」

「つい最近なんです。だからまだ旧姓で名乗っちゃうみたいです。なぁ、凪？」

「あ……」

理人が視線で「話を合わせろ」と訴えかけてくる。

「そ、そうなんです。まだ浅野って苗字に慣れなくて」

「まぁ、そのうち慣れるよな。……じゃあすみません、ちょっと監督に挨拶してきますから」

そう言って、理人は私の肩を抱いたまままくるりと方向転換すると、自分がもといたパラソルのほうへと歩き出す。

「ここで夫婦だなんて言っちゃっていいの？」

「いいんだよ。同棲してるんだし」

歩きながら小声で訊ねる私に、彼が同じトーンで返してきた。

「そういうものなのかな……」

共演者には、結婚していることが知られても構わないのかもしれない。けれど、それが世間にまで伝わったりしたら、どうするのだろうか。

……まぁ、事務所がＯＫを出してる以上、気にする必要はないのかもしれないけど。

「与監督は？」

理人がパラソルのほうにそう声を投げかけると、一番手前のディレクターズチェアに座っていたスタッフさんらしき男性が、広場のほうを指さした。彼が示したほうを見ると、台本を手にした中年の男性と若い女性が、こちらへと歩いてくる途中だった。

「今あっちから戻ってくるよ」

やはり私がさっき目撃したのは与監督だったのだ。

「監督、めいちゃん、これ俺の奥さんです」

「は、はじめまして……よし——じゃなかった、あ、浅野凪です。しゅ、主人がいつもお世話になっております」

私は与監督と女優さんに向かって、身体を二つに折るように深々とお辞儀をした。苗字を間違えそうになったのを、すんでのところで誤魔化す。

……『主人がいつもお世話になっております』なんて台詞、本当に言う日が来るとは思わなかった。

定番中の定番といった感じがして、コスプレをしているような気分に近い。——人妻というコスプレを。そのせいか、背中がムズムズした。

「こちらが理人の奥さんか。いつも話に聞いてます」

与監督は、おそらく五十代前半くらいで、黒縁に四角いフレームの眼鏡をかけている。ファッションも若者寄りで、コバルトブルーのシャツに白のパンツ、それに先の尖った靴という、派手な服装。いかにも芸術関係の人っぽい独特のオーラを纏っていた。

「はじめまして、与です」

よく通るハッキリした声で名乗ると、監督はちらりととなりの女優さんの顔を見遣った。

すると、艶のある黒髪ロングがよく似合う細身の女性が、優しく微笑んだ。

「はじめまして、宵月茗子です。この作品で、浅野さんの奥さんの役をやらせて頂いてます」

理人が『めいちゃん』なんて呼んでいたから、そうだろうとは思っていたけど。やっぱり、宵月茗子で間違いなかった。

テレビで見るよりもずっとキレイなご本人を前に、見惚れてしまう。目が大きい。鼻が高い。顔が小さい。なのに、背は高くて、身体は風に吹き飛んでしまいそうなくらい細い。

それでいて、女性としての魅力は保っている。さすが女優さんだ。

「あの、テレビでいつも拝見してます」

私が男だったらイチコロだろう。ドギマギしながら言うと、彼女は、

「ありがとうございます」

と嬉しそうに目を細めて言いながら、軽く両手を合わせた。

……その些細な仕草さえも可愛い。

「あ、これ……つまらないものなんですが、よかったら皆様で召し上がってください」

差し入れのことをすっかり忘れていた。私が監督に差し出すと、監督は「おぉ」なんて声を上げてから、

「みんな喜びますよ——おーい、理人の奥さんから差し入れもらったぞー！」

なんて、周辺のスタッフさん方に声をかけてくれた。

……あ、ありがたいんだけど、そんな大声で私の存在をアピールしなくても！

「しかしお前、よく起きたな」

「起きたんじゃなくて起こされたの」

監督と宵月さんが離れたところで、理人に言われた。今朝の電話のことだとわかる。私は少し非難するように答えた。

「あはは、そうか。いい目覚まし代わりだったろ」

「都合のいい解釈しない。……でも、こういうのもいいね。ありがと」

いずれにせよ今日のスケジュールは真っ白だったし、こんな機会でもなければ、私には触れることのない世界だろう。

それを思うと、わざわざこうして声をかけてくれたことに感謝をしなければ。

「今日は天気も良くてロケ日和だし、紅葉もだいぶ綺麗だろ」

「そうだね」

「っていうのは建前で、凪を呼んだ一番の理由は、自分の旦那の仕事風景でも見てもらおうってことだけど」

「だから、『仮の』だってば」

周囲には聞こえない程度の声で訴えるけれど、理人は関係ないという風に薄く笑うだけ。

この男、もはや私たちの間に引かれているボーダーラインが、まったく見えなくなっているんじゃないだろうか。自分で夫婦の『フリ』をしてほしいとか言ってきたくせに。

「それじゃ、シーン四十三、カメラリハから始めます」

大型カメラの近くにいるスタッフさんがそう声を張り上げると、それまで和(なご)やかな雰囲気が流れていた現場が一気に引き締まり、みんながそれぞれの持ち場に移動し始める。

「じゃ、俺も行ってくるわ。そっちで見てな」

そう言いながら、パラソルのほうを顎(あご)で示す理人。

「うん、わかった」

指示通りそちらへと歩いていくと、メイクさんらしき女性に、

「ここが浅野さんの椅子ですよ」

と、普段彼が座っているだろうディレクターズチェアを勧められた。

……ふうん、いつもここで自分の出番を待ってるんだ。

理人の椅子には右手側に小さなテーブルのようなものがついていて、そこに映画の台本が置かれている。

『この街で、僕たちは出会った』という仮タイトルがつけられているこの台本を私が目にするのは、これが初めてだ。

理人から話の大筋はなんとなく聞いたことはあっても、細かいことは何も知らない。

興味がないわけではないけれど、理人の仕事のことに関して、深く立ち入ってはいけないような気がしていたのだ。

私は台本を手に取り、これから始まるシーン四十三を開いた。

理人演じる主人公の孝一(こういち)と、宵月さん演じる、孝一が愛する女性、理美(さとみ)がお互いの気持ちを打ち

明ける、大切なシーンだ。

素人（しろうと）の目線だけど、この場所をロケ地に選んだのは、映像的にも魅（み）せるものにしたいという意向があったからでは？　と感じる、素敵な場所での撮影だ。

カメラリハを終え、いよいよ本番となった。

「――アクション」

カメラの前にいるスタッフの掛け声とともに、カチンコが鳴る。

ふうん、映画の撮影って本当にカチンコを使うんだなぁ、なんて感心して見ていると、まずは宵月さんが第一声を発した。

さすが、若手の実力派と呼ばれるだけあって演技が上手だ。

それに、見ている人を引き込むような力が、彼女にはある。彼女がそこにいるだけで、思わず目で追ってしまうような、そんな力が。

でも、理人だって負けていなかった。

たしかに演技は本人も未経験だと話していたから、体当たりで臨（のぞ）んでいるのがわかる。けれど、存在感という部分では、宵月さんをも凌（しの）ぐところがあった。

これがモデルで培（つちか）ってきた彼の実力なのだろうか。

一言で言えば、『華』だ。

彼には『華』がある。

現場に咲いた大輪の華。

華はどんな佇まいでも、その空間を優雅に、美しく彩ることができる。

——やっぱり理人はすごい。

彼が、ここにいるべくしている人なのだと思い知らされる。

理人の言う通り、彼の仕事風景を間近で見るのは初めてだ。これまで雑誌やＣＭなど、作品になったものは見たことがあったけれど、その過程を見るという経験はなかった。

——私って、こんな素敵な人の奥さんをしてるんだ。

当然うしろに『仮』がつくのはわかってる。でも、実際に夫婦がするような行為はしちゃってるし、こうして現場に赴けば理人の奥さんとして周囲に認知されているから、周りから見れば事実であるわけで。


……どうしよう。今さらになって、心臓がバクバクしてきた。

私が理人と特別な関係だっていうことを意識しちゃうと……理人がしっかりと、ひとりの男の人に見えてきてしまう——

「カット！」

再びカチンコの音が鳴るまで、私は夢見心地で彼の姿を眺めていたのだった。


「撮影、どうだった？」

その夜、シャワーを浴びた直後の理人が、バスタオルで髪を拭きながら横から訊ねてきた。

あのあと、夕方までに必要なシーンを撮り終え、解散となったので、私たちは理人のマネージャーさんに車で送ってもらい、自宅に帰ってきていた。

「うん、みんないい人たちで、普段見られないものを見せてもらえて、楽しかった」

「そういうことじゃなくて」

理人はソファにあぐらをかいて座り直すと、首を横に振った。

「仕事してる俺のこと、どう思った？　ってこと」

「……カッコよかった」

何となく照れくさくて、視線を俯ける。

引っ越しを機に買った、深いブラウンのパジャマの裾が視界に映りこむ。夫婦ならお揃いのパジャマだろうと強く主張した理人も今、同じものを身に着けている。

「カッコよくて、キラキラしてて、洗練されていて……まるで、私とは全然違う、遠い世界にいる人みたいに見えた」

理人が芸能人になったからといって、これまで強くそう感じたことはなかった。けれど……こうして、実際に彼の生きている世界を覗いてしまうと、考えざるを得なくなる。

「私と理人は、やっぱり住む世界が違うんだね」

彼がいるのは——単調で平凡で穏やかな生活を望む私とは、決して交わらない世界だ。

何の気なしに呟くと、理人はバスタオルを両肩にかけてぷっと噴き出した。

「何がおかしいの」

「いや、だって結婚までしておいて、そんなこと言う？　と思って」

「ほっ、本当に結婚したわけじゃないでしょ。何度も言うけど、『仮』なんだってば」

自分だってわかってるくせに。

まるで本当に結婚したような言い方をするのは、いい加減にやめてほしい。

「本当に結婚したようなものだろ、実態は」

「実態って……」

「監督やスタッフのみんなにも、凪が奥さんだって紹介したし。お互いの両親にも、結婚しますって宣言したしな？」

「そ、それは理人がリアリティがどうのこうのって言って、勝手に進めちゃっただけじゃない」

私の意見でそうなったわけではないというのを、この男はわかっているのだろうか？

顔を上げ、理人の顔を恨めしく見つめて続けた。

「――法的には夫婦じゃないでしょ。婚姻届は書いたけど、あれは記入する感覚を味わうためで、実際には出さないってふたりで決めたよね」

理人がどうしてもと言うので緊張しながら書いた婚姻届は、ソファの横にあるチェストの抽斗（ひきだし）のなかにある。

「法的な拘束力があるかないかって、そんなに重要？」

「はぁ？」

一体、何を言い出すのか。そんなの答えるまでもなく、重要に決まってる。

「いい加減、凪もしつこいな。たとえ法的に認められていなくても、夫婦みたいなことしてれば同じだろう。凪の気持ちいいところ、俺はもう全部わかってるんだけど？」

「ひゃっ……！」

　理人は私を急に抱き寄せると、私の耳朶をぺろりと舐め、甘噛みした。

「んんっ……やぁっ……」

「それでも、夫婦じゃない？」

「だ、めっ……耳、噛んだまま、喋らないでっ……！」

　吐息が当たって、ゾクゾクする。弱々しく訴えるけど、理人は解放してくれない。

　それどころか、私のパジャマの上着の裾から片手を差し込み、胸の膨らみを直に弄ってくる。

「凪はこんな風に、乳首を押し潰すみたいに擦ってやると感じるんだよな？」

「あ、ぁあんっ……」

　悔しいけれど、否定できない。

　毎夜の如く理人に身体を委ねた結果、今や私の弱みはすべて握られてしまっている。

「答えて、凪。凪の身体、こんなにも理解してるのに。それでも俺たち、夫婦じゃない？」

「っ……」

　耳の裏側に舌を這わせ、胸の先を撫でる力を焦らすように弱めながら、理人が訊ねる。

「ちゃんと気持ちよくなりたいなら……何て答えたらいいか、わかるだろ」

　理人はこういうとき、本当に意地悪だ。

　私がきちんと彼の求めている答えを口にしない限り、絶対に私の欲望を満たしてはくれないのだ。

「……夫婦、だよっ……」

私はもどかしさにつられて、答えてしまう。

彼の求めている答えを——彼のからかうような瞳を見つめて、懇願するように。

「理人は、私のしてほしいことっ……全部わかってくれてる。だから、夫婦だよっ……」

「偉いな、凪。ちゃんと言えたな」

彼は満足そうに目を細めて言うと、私の胸の先に軽く爪を立てる。

「ふぁあっ……」

「夫婦なら、ちゃんと夫婦らしいこと、しないとな——おいで」

理人はそう甘い囁きを落とすと、私の手をゆっくりと引いた。

◇◆◇

「凪の……こんなに溢れてる」

パジャマや下着を脱がされ、ベッドに仰向けに寝かされた私は今、両膝を立てて脚を大きく開いたはしたない恰好をしている。

「脚の間から見える？　愛液がお尻を伝って、シーツに垂れて染みを作ってる。……あとで、洗濯しないと」

「言わないでっ……」

まだほとんど何もされていない状態で、こんなに欲情してしまっているのが恥ずかしくてたまらない。

それに、真上から私の痴態(ちたい)を見下ろす理人が、まだパジャマを身に着けているのが、私の羞恥心(しゅうちしん)をさらに煽(あお)る。

「凪、どうしてほしいか教えろよ。お前がしてほしいこと、何でもしてやるから」

それはつまり、私に要求をさせるということだ。どこをどんな風に、どうしてほしいかということを、私に言わせる。

「そんなのできないっ……」

私が要求すれば、私がそれを望んでいるということになる。

理人と望んで関係を持っている――という状況になれば、いよいよ仮の夫婦であると決めたラインが、消えたも同然になってしまいそうで怖い。

「できないならこのままだけど、いいの？　そうやって、やらしいのを溢(あふ)れさせたまま、じっと我慢できるの？」

「理人の意地悪っ……ずるい、そんなの」

愛撫もされずにこのまま――なんて、火照(ほて)った身体を持て余している私にとっては、想像しただけで眩暈(めまい)がしそうだった。

状況はまな板の上の鯉(こい)。調理されるのを待つしかないというのに。

「難しいことなんてない。凪がしてほしいことをそのまま言えばいいだけだ」

「そのまま？」

「凪は今、どこが疼いてる？　口で言うのが恥ずかしいなら、触って教えて」

「っ……」

疼いている場所――二本の脚の付け根にある、割れ目の部分に指先を添える。

潤んだ粘膜に触れ、くちゅ、と水っぽい音がした。

「そこが疼いてるのか？」

「う……うんっ……」

彼はさっきから表情ひとつ変えず、淡々と、あくまで冷静に訊ねてくる。

私なんて、目が泳いじゃって仕方ないのに。理人の顔、どんな風に見ていいか、わからなくなっちゃってるのにっ……

「『私のとろとろに蕩けてるえっちな場所、気持ちよくして、旦那様』って言ってみろよ。ちゃんと言えたら、その通りにしてやる」

「ええっ!?」

そんなレベルの高い台詞、到底言える気がしない。

『とろとろに』『蕩けてる』『えっちな』『旦那様』――そ、それこそ、どんな顔をして言っていいのかわからない。

「ほ、本当に言うの……？」

「もちろん」

理人は断言するように頷いた。

「そんなの無理、は、恥ずかしいよっ……言えないいっ」

「言えないなら、そのままでいるしかないけど」

「つ、酷いっ……」

理人は、私がこうやって困っている姿が好きなんだろう。

夜、彼が私を求めるたびに、恥ずかしい台詞や行為を要求してくるから間違いない。

何というS男だ。その歪んだ性癖の相手をする身にもなってほしい。

「言って気持ちよくなる？　それとも、言わないで焦れたままでいたい？」

「っ……わ、わかった、言う、から」

私はもごもごと答える。

決して素直に従っているわけではない。ただ、こういう駆け引きにおいて、彼には敵わないという諦めが生じてきているのだ。

どうせ言わなければならないなら、早く口に出してしまったほうが、焦れている時間も短くてすむ——と前向きに考えるようにしよう。そうすれば、羞恥心もいくらか和らぐ。

「あの……えっと……」

とはいえ、いざその恥ずかしい台詞を音にするとなると、抵抗があるのも確かだ。

でも、一気に言わなければ、途中でくじけてしまいそうだから——私は、きゅっと両手に力を入れた。

「わ……私の、とろとろに蕩けてるえっちな場所っ、気持ちよくして、旦那様っ……！」

一息に言うと、私はその恥ずかしさに耐えるみたいにきつく目を閉じた。

うう、昂ってる身体をこんな風に慰めてもらおうとするなんて……やっぱり理人の顔、直視できないっ。

理人は私の様子を観察するみたいに、しばらく黙って見下ろしていた。

「……凪」

「っ、はい」

長く続く沈黙に耐えられなくなってきたとき、理人が私の名前を呼んだので、それに応える。

「今、お前の感じてる場所――よくしてやるよ」

彼はそう言うと、ベッドの上に膝をついて私の両肩に手を置いた。

そのまま私の身体を押し倒すと、両方の手でそれぞれ膝を掴んで、私の濡れそぼった秘所を露わにさせてしまう。

「やっ、ちょっとっ――」

そして――強引にその場所に唇を近づけて、舌先を押し当てた。

「んんんっ！」

ざらざらした感触の舌が、敏感な粘膜に触れて腰が震える。

何、この感じ。びりびりって、電気が走ったみたいな――

「今日は、指じゃなくて、俺の舌で、感じさせてやる」

「なっ……ぁ、あああっ……！」

理人が秘裂を下から上へ、ゆっくりと舐め上げる。

柔らかな舌が秘肉をかきわけるみたいにして滑り、何ともいえない切なさが下肢を駆け抜けた。

「だめっ、舐めちゃ——だめっ……！」

「何で、気持ちよくない？」

脚の間から理人の聞きなれた声が聞こえてくるのは、変な感じがした。

「ほら、またどんどん溢れてくるけど」

理人が舌先でその部分を刺激するたびに、快感を思い出したかのようにいやらしい蜜が滴り落ちる。

「あとからあとから溢れて……舐めきれない。凪、本当にえっちだな」

「やぁあっ……」

彼の視線の先には私の顔。表情を捉えようとしているのだろう。

煽られると、余計に身体の奥が熱くなって、その液体を分泌することとなってしまう。

「ここも赤く腫れて、膨らんでる」

「んんっ！」

不意に指先で敏感な突起をピンと弾かれ、私は大きな声を上げてしまった。

「舐められたくって仕方ないんだろ。ここもいっぱい、舐めてやるよ」

そう言って、理人は愛液を啜りながら、唇を使って突起を吸ったり、舌先で突いたりする。

「ぁんんんっ!?」

感じすぎる場所ゆえに、すごい衝撃だった。

まるで、身体の中身が吸い尽くされるような、妙な感覚。

そこを刺激されると、じっとしていられなくて……

「だめ、そんなに強くしちゃぁっ……もっと、ゆっくりっ……！」

「気持ちよくしてほしいって言ったのは凪だろ」

私が訴えてみても、彼は快感を施（ほどこ）す手をゆるめない。

敏感な突起をきつく吸われるたびに、目の前が白（しら）んで、すぐにでも達してしまいそうだった。

「こんなのっ、もう変になっちゃうっ……」

「まだ早いだろ。今始まったばっかだっていうのに」

理人は呆れたように笑うと、私の両膝をベッドマットに押しつけていた手を離した。

「両手ついて、こっちにお尻を突き出して」

そうして、身体を起こすと、私に新たな指示を出す。

快楽の波に揺られて思考力と判断力の落ちている私は、彼の言葉にそのまま従ってしまう。結果、四つん這（ば）いのようなポーズになった。

一糸纏（まと）わぬこの姿では、さっきまで彼に丹念に舐（な）められていた恥ずかしい場所も、後ろから丸見えだ。

「凪が色っぽいから、俺も興奮してきちゃったんだけど」

「あっ……」

理人は片膝だけベッドにつけると、私の腰を両手で掴み、ベッドの端のほうへ引き寄せる。

衣擦れの音のあと、秘裂に熱くぬるぬるした塊を感じた。

それが彼自身の昂りであるということに気付くまで、さほど時間はかからなかった。

——もう硬くて大きい。彼の言葉通り、私に愛撫をしているうちに、こんなになってしまったというのだろうか。

「俺ので擦ってあげる」

私の愛液を潤滑油にして、理人が押し当てた自身のものを秘裂にそって往復させる。

ゆっくり動き始めて、だんだんと速度を上げていった。

「んっ、はぁっ……！」

彼の形状が、私の秘裂に引っかかって気持ちいい。

何度も往復するたびに愛液の量も増え、粘着質ないやらしい音がベッドルームを支配していく。

「いっぱい擦れて気持ちいいだろ？」

「んっ……す、ご……気持ちいいっ……」

ある意味、繋がるよりもエロティックな行為なのかも、と思う。

お互いの恥ずかしい部分を擦り合わせて快感を生むなんて……何だか、いけないことをしているような気がして。

彼と触れあう場所が熱くて、ジンジン痺れて、私はいつしかそのいけない行為に没頭していた。

「凪のここ、大洪水なんだけど。こんなにドロドロにしちゃって、どうするの？」

「だってっ……」

「このまま擦り続けたら、挿入っちゃいそうじゃない？　凪のナカに」

そう言いながら、私のとろとろになった秘裂の上を、彼の反り返ったものが滑っていく。

勢い余って、私の快楽の証を纏った彼自身が膣内に侵入してきてもおかしくない。

想像したら、身体の芯が震える。

……きっと私も、それを望んでいるのだ。

「挿れてほしい？」

「う、ぁっ……」

願望を言い当てられて、一瞬、返事に戸惑う。

「挿れてほしくないの？　これ、凪のこと擦ってるのをナカに挿れて、いっぱいかき回して……気持ちよくしてほしくない？」

私の耳もとの髪をかき上げ、耳元で熱っぽく訊ねてくる理人。

これ以上、想像させないで。気持ちよくなりたいに決まってる。

「教えて、凪……これ、挿れてほしい？」

「ふ、ぁっ……」

彼が腰の動きを止めた。

下肢から送られてくる快感が断たれて、自然に抗議の声がこぼれてしまう。もっとも、快楽の熱に浮かされていたせいで、言葉にはなっていないのだけれど。

もっと擦ってほしいのに。その熱いもので、私の感じるところを、いっぱい擦ってほしい。

ううん、擦るのもいいけど——やっぱり、膣内に挿れてほしい。

理人に、膣内をたくさんかきまぜて、気持ちよくしてほしい——

「お、ねがいっ……ぃ、れてっ……」

「うん？」

「挿れて、理人っ……私のなかに、理人のを挿れて、気持ちよくしてっ……！」

早く欲望を満たしてほしくて、私は彼にせがんだ。

こんな要求を自分でするのははしたないってわかってるけど、身体に火がついてしまっている今、抑えられなかった。

理人に顔を覗き込まれる体勢でなくてよかったと心から思う。

恥ずかしさと焦れったさと興奮と、様々な感情が入りまじった顔を、見られたくなかったから。

「そんなに俺がほしいんだ」

耳元で囁く理人の声。淡々としていたはずのそれは、私の哀願を聞いたからか、興奮で少し上ずっている。

理人も私に挿れたいって思ってくれてるの？　私のことを、ほしい、って。

「——じゃあ、たくさん感じて」

「あんんっ……！」

再度、秘裂の上を滑り始めたと思ったら、彼は私の腰を力強く抱えなおして、入り口をこじ開けるように自身を突き入れた。

「はぁっ、ぁあっ……」

「ナカ、解さなかったのにすんなり挿入っちゃったな。……いっぱい濡れて、柔らかくなってたから」

彼の指摘通り、直接膣内を解されていないにもかかわらず、私の身体は彼の質量を難なく受け入れている。

痛みを感じるどころか、内壁を擦るその感覚にゾクゾクとした快感が走り、吐息まじりに喘いでしまった。

「っ、そんなに締めるなよ。すぐ出しちゃったら、お前も愉しめないだろ？」

「ち、違っ……してないっ……」

意図的にそうしているわけではないけれど、待ちわびていたせいで膣内が収縮し、彼のことを締めつけているようだ。

「そんなに急かされると、俺も頑張らなきゃって思うよな――」

彼は笑ってそう言うと、私の膣内を往復し始めた。

浅めの抽送で擦るたびに入り口や敏感な粒を刺激され、私の思考は快楽一色になっていく。

「ここ、一緒に弄ったほうが気持ちいいよな？」

動きながら、理人は私の入り口にある粒に指先を伸ばした。ころころと転がすように愛撫する。

「んんっ！　それいやっ……！」

膣内を擦りながら一番弱いところを攻められると、もう何も考えられなくなってしまう。

「いやじゃないだろ、またナカで締めつけてるくせに」

「ぁ、うっ……」

「気持ちよすぎておかしくなりそうだから、いやなんだろ？」

図星をつかれて、余計に恥ずかしくなる。

否定の言葉が口をつくのは、そうなってしまっている自分を否定したいという気持ちのあらわれなのかもしれない。だから、私は素直に自分の気持ちを告げることにした。

「そう……そうなのっ……お腹の奥がきゅんきゅんして、おかしくなりそうだからっ……」

その事実を認めてみると、理人との接触で生じている快感が、急に増したように思えた。

気持ちいい。入り口をたくさん広げられて、擦られて……変になりそう……！

「いいんだよ、おかしくなって。凪の乱れてる姿……気持ちよくなってるところ、俺に見せて？」

「ふぁあああっ……!!」

彼は優しく囁きかけたあと、膣内を奥深くまで穿ち始める。

今まで到達しなかった場所に彼自身が届くと、今までとは別の悦びが襲ってきた。

お腹のなか、理人のでいっぱいにされてっ……最奥まで突かれて――私、本当に変になるっ……！

「そんなに突いちゃやぁっ……！」

「ナカがひくひくしてる。イきたいんだろ――」

「っあっ……」

理人は私の限界が近いことを悟ると、一度自身を引き抜いて、私をベッドに横たえ、仰向けにした。

「はぁあああんっ！」

そしてすぐに私の膝を抱え上げて、物ほしげにヒクつくそこにもう一度自身を埋めた。そして、律動を始める。

徐々にそのスピードを速めながら、敏感な粒を押し潰すようにして再び刺激する理人。

体勢を変えると、さっきとは擦(こす)れる場所が違ってまた気持ちいい。

肌のぶつかり合う音、水音の間隔が狭くなり、聴覚でも私の絶頂感を追い立ててきた。

彼の激しい愛撫が、大きな渦(うず)のように私を取り込み、翻弄(ほんろう)し――

「も、だめっ――ぁああああっ！」

私は甲高い声を上げて、高みに上り詰めた。

と同時に、お腹の上に温かな迸(ほとばし)りを感じる。膣内から抜き出された理人が放った、彼の欲望の名残だ。

「凪……」

「り、ひとっ……」

私たちはどちらからともなく抱き合い、触れるだけのキスをする。

まるで本当の夫婦がするような労り(いたわ)の意味をもつそのキスは、優しくて心地いいものだった。

5

——理人の映画の撮影も順調に進んでいた、十一月の初旬の金曜日の夜。

六人グループの飲み会が催(もよお)されているいつもの洋風居酒屋の個室で、私と理人を除く四人から驚きの声が上がった。

「えええええええ!?　結婚!?」

「え、ごめん待って、全然頭がついていってないんだけど」

「凪と理人、結婚したのか？」

杏と淳之介はすっかり狼狽(ろうばい)し、ふたりとも目を皿のように丸くしている。

コジは驚きのあまり、カシスオレンジを噴き出していた。

「ああ、結婚した。もう一緒に住んでるし。なあ、凪？」

「え、あ……うん」

理人が私のとなりでそう訊(たず)ねるので、頷(うなず)くしかなかった。

「嘘でしょ!?」

杏が、ますます信じられないという風に悲鳴を上げる。

「ふたりともちっともそんな雰囲気なかったよね。……凪は前に会ったとき、出会いに燃えてたみたいだけど……まさか、理人を選ぶとは」

コジが自分のおしぼりで、服にこぼれたお酒を一生懸命叩くように拭きながら呟いた。

百合ちゃんからは、驚きのなかにも納得した、というニュアンスが垣間見えた。

「……凪ちゃんの運命の人は、理人くんだったんだね」

正面に座るコジのために自分のおしぼりを差し出しながら、私と理人を見て言う。

本当は、友人たちにはこの特異な関係は隠しておきたかったのだけど、理人が大切な友人だからこそ隠しておきたくはないと主張したのだ。その結果、『仮の』は伝えずに『結婚した』と打ち明けることとなってしまった。

……彼らに何やかんやと言い訳したいことはたくさんある。けれど、すべてをぐっと呑み込む。戸籍は別々とはいえ、私と理人はほぼ夫婦と呼べる関係になってしまっているから、何を言ったところで意味を成さないだろうと思ったのだ。

同棲、お互いの両親への挨拶(あいさつ)、仕事場への報告――

結局、私は雇用先に住所を変更する届けを出し、そこで結婚についても伝えていた。ただ、まだ同棲段階で、籍は追ってと言っているけれど。

これらをすませてしまったのだから、友人に対してもある程度告げなくては、と思い結婚の事実を伝えることに同意したのだ。

ふたりの間に燃えさかるような恋愛感情が存在しないだけで、新婚夫婦と何ら差異のない状況が整いつつあった。

「よかったね、凪ちゃん、理人くん。おめでとう」

ウーロン茶のグラスを小さく掲げ、心底嬉しそうに祝ってくれる百合ちゃん。

「うん、驚きすぎてお祝いが遅れちゃったけど――おめでとう、ふたりとも」

それに倣うみたいにして、コジも中身の減ったカシスオレンジのグラスを掲げ、私たちにお祝いの言葉をかけてくれる。

「うー、今日はわたしと淳之介が婚約したよって話をしようと思ってたのに、まさか凪たちに先越されるとは……」

杏は、今夜は自分たちの婚約話を真っ先に報告する予定だったのだろう。それがまさかの展開となって、かなり面食らってるみたいだった。

「まあそう言うなよ、杏。凪と理人、ふたりが幸せになってくれてよかったじゃん」

そんな杏を淳之介が笑って宥めると、杏は口を尖らせて言った。

「幸せになってくれるのは嬉しいよ。だってふたりとも親友だもん。でも、妙にハイスピードにことが運んだなと思って……何か事情があるのかなー、とか」

「べ、別に事情はないけど」

何気に鋭いことを言ってくれる。私はギクリとしつつ、平静を装った。

いくら仲がいい友人たち相手であっても、理人の役作りのため、なんて言ったら、余計にややこしくなるし、それを了承した私の人間性も疑われかねないから、『仮の』は告げないと決めたのだ。

「怪しいなぁー……むぅう」

杏はぱっちりした目で、私をじーっと見つめた。

「まさか、赤ちゃんできたりとかしてないよねえ？」

張り詰めていた緊張の糸がプツンと切れたのを感じた。そっちか。

「そんなことあるわけないでしょ！」

「だよねぇ、赤ちゃんまで先越されてたら、さすがに前々から付き合ってたのかなって疑わざるを得ないから～」

男の子を紹介してくれようとしていたこともあり、杏の驚きはひとしおだったようだ。

……そういえばあのドタキャン以来、新たなお誘いはなかったな。今となっては、それどころではないのだけれど。

「そういうんじゃない。付き合い始めたのは最近だから」

すかさず理人がフォローを入れると、今度は淳之介が意外そうな顔をした。

「てか、最近付き合い始めてもう結婚決めたわけ？　それ、決断早すぎないか」

淳之介の疑問はもっともだ。私が報告を受ける立場なら、いくらスピード婚だとしても、半年くらいは吟味したっていいように思う。

ただ今回の目的は伴侶を選ぶことではなく、結婚することにあるのだから、そんな心配は無用だったりするのだけど——真実を告げてしまったら、引かれるんだろうな。

「早いも何も、凪のことはよく知ってるから問題ない。友達として——人間として、凪のいいところはいっぱいわかってるつもりだ」

「おおー、言うね」

淳之介が口笛を吹いて囃し立てる。

「凪ちゃんのこと、好きなんだね」

百合ちゃんは噛みしめるように言って、目を細めた。

……照れる。

理人の口から、特にみんなの前で、私を褒めるような言葉が出てくるとは思わなかった。

——こういう想定外のことされると、どんな反応していいかわからないから、やめてほしいのに！

「やだ、凪、顔真っ赤！」

杏に言われて、初めて気が付く。顔が熱い。

「楽しそうで羨ましいよ〜、このなかにカップルが二組か。百合ちゃん、僕たち取り残されちゃったね」

「本当だよね。四人だけで幸せになってくれちゃって」

気が付けば、コジと百合ちゃんに変な連帯感が生まれている。

「でもまぁ、理人と凪は結婚、淳之介と杏は婚約で、本当におめでたいよ。末永くお幸せに！」

「お幸せに〜！」

コジのヤケクソな乾杯コールに合わせて、私たちはそれぞれのグラスをもう一度合わせる。

「――で、理人と凪の恋は、どういう風に始まったわけ～？」

改めましてとばかりに、コジが興味津々といった表情で訊ねてくる。

……絶対そう来ると思った。

「い、いいよ、そういう話は――恥ずかしいから！」

「どうしてー？　多分みんなが気にしてるところだと思うけど」

コジがちょっと不満そうに言う。まぁ、彼らの立場にしてみればそうか。

これまで、まったく恋愛感情を伴わない付き合いをしていた私と理人が、どんな風に付き合い始めたかを知りたいというのは、ごく自然な感情だろう。

だけど……ストレートに答えるわけにはいかないし。

「凪が恥ずかしがってるから、代わりに理人くんが教えてよ」

「ん？」

私は口を割らないだろうと踏んだのか、今度は百合ちゃんが理人にその矛先を向けた。

すると、理人は雑誌やＣＭで見せるような爽やかな微笑みを彼女に向けながら、こうのたまった。

「断れないところまで追い込んで、身体から強引にオトしたって感じかな」

「……ちょ、ちょっと理人！」

一体全体、何を言ってくれちゃっているんだ。この男は。私はあたふたして彼を叱りつけるように言う。

いや、でも残念ながらそれは間違いじゃない。私が断れなくなるところまで上手いこと丸め込んで、その……強引に身体の関係まで持っていかれた、というのは事実だ。

「――うっわ、引くわー」

「理人くん、それはやりすぎだよ」

もっとびっくりしたのは、周りのみんながそれを信じてしまったことだ。淳之介が呆れた様子で呟き、百合ちゃんは困った風に眉根を寄せている。

「バカ、冗談だよ冗談」

理人自身もそれが意外だったのか、すぐに胡散(うさん)臭い笑みを解いてビールを呷(あお)った。

……冗談か。ヒヤヒヤするから、そういうのやめてほしい。

「な、何だ冗談か……よかった」

「理人ならあり得るかもって思っちゃうもんね～」

コジはホッとしたという風に言葉をこぼし、杏は意味深なことを言いながら忍び笑いをする。

って理人、みんなから、そんな過激なことがあり得るキャラだと思われているんだ。

「で、告白はどっちから～？」

「何て言ったの？」

私は四方からとめどなく飛んでくる質問の矢を、ときには受け止め、ときにはかわしたりして、宴(うたげ)を楽しんだのであった。


「凪、手出して――はい、あげる」

「ありがと」

居酒屋から駅までの途中、杏が私の傍（そば）へやってくると、常備しているミントタブレットをわけてくれた。

「でもビックリしたー。ちょっと前まで出会いがないって言ってた凪が、もう結婚してるなんて」

「お、驚かせてごめん」

それを口に放り込み、少しずつ溶かしながら言う。ミントのスーッとした感じが、鼻に抜けていく。

「謝ることないよ。ビックリはしたけど、嬉しかったよ。相手が自分の知ってる人だから、なおさらね」

杏は私たちのずっと前を歩く理人を示して言った。

「――でも、気を付けなよ」

そのとき、杏が急に声のトーンを落とした。

「気を付けるって、何を？」

「理人とふたりでいるところ、あんまり見られないほうがいいんじゃない？　理人みたいな有名人には、常にゴシップの記者が張りついてるって聞いたことあるよ。結婚したってことが世間にバレてニュースになっちゃうかもしれない」

「あー……」

以前理人から聞いた、自宅マンションでの不倫スキャンダルの話を思い出す。

あの建物には前例があるし、有名人も多く住んでるから、張られている可能性は十分にあるんだよなぁ。

……でも。

「一応、理人の事務所には挨拶に行って、もし私たちの結婚がバレたら、それはそれでいいって許可もらってるんだよね」

「そうなの？　こういう言い方も何だけど、よく許してくれたね。理人って女の子のファン多いでしょ？」

「うん。私も意外だったんだけど、そうしたら今後はカッコイイ既婚者の路線でいくからって」

「ふーん……」

杏は怪訝そうな顔で私の話を聞き、何かを考えている様子だった。

「――理人のイメージはそれでいいのかもしれないけど、凪にとっては何の解決にもなってないよね」

「え、私？」

思わず自分を指さして訊ねる。杏は小さく頷いて続けた。

「理人ってあの通りのビジュアルだから、熱狂的な女の子のファンがすごく多いのは、凪も知ってるでしょ？」

「うん」

「確か理人はまだ女性関係のスキャンダルってなかったよね。交際報道でも驚かれるだろうに、結婚してましただなんて記事が出たらどうなることか。わたしは理人くんよりも凪のほうが心配だよ」

「……？」

杏の言わんとすることが理解できない。私がぽかんとしていると、彼女は痺れを切らしたように声を荒らげた。

「だーかーら。理人くんの奥さんである凪のことを憎いって思う女の子も多いはずだから、凪に対して嫌がらせをしてきたり、言いがかりをつけてくることもあるかもしれないってこと！」

杏自身、自分が思っていたより大きな声を出してしまったと思ったのかもしれない。言ったあと、口元に手を当てて「ヤバい！」というような表情を浮かべる。

「おーい、どした？」

前方を歩く四人にも杏の声は聞こえたらしく、わざわざ歩く足を止めてこちらを振り返っている。声を投げてきたのは淳之介だ。

「な、何でもない！　大丈夫だから気にしないで！」

「おー」

反射的に私がそう返すと、彼らは頷いてまた前に進み始める。

……よかった。

いや、別に聞かれてまずい話ではないのだけど、理人がいるところでこういう話をするのは気が引けた。

まるで、理人のせいで私が危険な目に遭うかもしれないと訴えているようなものだから、気分を悪くさせてしまうかもしれないと思って。

「ご、ごめん、凪」

声を潜めた杏が、すまなそうに両手を合わせている。

「ううん。……でも、外では極力ふたりで会わないようにしてるし、マンションだってセキュリティがあるし。そんなに簡単にはバレないような気がするんだけど」

映画の撮影現場にお邪魔したときのことを思い返す。確かにファンの人が現場を聞きつけて訪ねてくるってことはあるみたいだけど、そういったトラブルを避けるためにスタッフを配置したりして、対策は打っているはずだ。

だいたい、結婚していることを突き止められたとしても、その相手が私――吉森凪という人物であるという部分まで、特定されてしまうものなのだろうか？　それって、結構難易度が高いと思うのだけど。

「それは楽観視しすぎだよ」

「そ、そう？」

「熱心なファンは怖いんだよ、凪。そういう人はありとあらゆるところから情報をかき集めてくる。だけどわたしはそれに怯えていろって言いたいわけじゃなくて……用心するに越したことないよってことが言いたかったの。それは、凪が心配だからだよ」

「杏……」

「脅（おど）かすようなこと言ってごめん。でも、気を抜いてると、そういう隙を狙われるから」

「ありがとう、肝（きも）に銘（めい）じておくよ」

杏の言葉通り、こういうのは用心するに越したことはないのだろう。

「――それにしても、杏はどうしてそういうのに詳しいの？」

「ふふ、ゲーノー裏情報とか、週刊誌のそういう記事が好きなの。今の話も、特集記事のなかにあってね」

そうか、と納得する。杏は学生時代から週刊誌とかワイドショーとかが好きで、若いのにマダムみたいな趣味だってみんなで話してたことがあったっけ。

なんて会話を交わしているうちに、駅の改札が近づいてきた。私と理人はタクシー、他の四人は電車に乗って帰ることになっている。

「はー、しかし理人、ついに目的を果たしたのか」

「え？」

杏がしみじみともらした呟きに、訊（たず）ね返す。どういう意味だろう？

「ううん、こっちの話」

「何それ」

「それじゃあね、凪。気を付けて帰ってね。特に、さっきの話には」

「わかってるって」

――私と理人は、四人に見送られてタクシーに乗り込んだ。

「さっき杏と何話してたんだ?」

自宅に向かって走る車内で、理人は顔を隠すためのマスクを外しながら訊ねる。

彼はどんな季節であっても、外出をするときにはマスクを欠かさない。万一彼の正体がバレてしまえば、場所によってはパニックになってしまうから、それを避けるためだ。

「ううん、特にこれといっては」

首を横に振って答えつつ――どうしてだろう、杏の忠告がいつまでも耳の奥に残っている。

ただの考えすぎだろうか? ……私らしくもない。

「みんな驚いてたな」

「そりゃそうでしょ」

意外そうに言うものだから、噴き出してしまった。これで驚かないほうがおかしいのに。

「でも結構、歓迎してくれたよな」

「そうだね」

結婚した事実を告げたとき、驚いてはいたものの、彼らは私たちの新しい関係を喜んでくれた。

それはあくまで仮のものではあるけれど……まるで現実かのように思える瞬間もあって、心が温かくなる感覚に陥ったりもした。

「凪」

「うん?」

「これ」

信号待ちでゆるやかに停車するのと同時に、理人は横に置いていたバッグのなかから手のひらに収まるくらいの包みを取り出し、私の膝の上にのせた。

「何？」

「開けてみて」

丁寧に包装された立方体の包みを解くと、ベルベット地のジュエリーケースが顔を出す。

まさか――という期待とともにそれを開けると、一カラットは確実にありそうな大粒のダイヤを填め込んだ指輪が顔を出した。

「えっ、これ」

「大分遅くなったけど。凪は、俺の奥さんなわけだから」

顔を上げると、彼がそう言って優しく笑った。

――つまりこれは、婚約指輪ということなのだろうか？

「嵌めてみてよ」

まるでドラマや映画を観ているみたいで、自分に起こっていることだという実感がわいてこない。

ぼーっと指輪を眺めていると、理人が私の手を取って、左手の薬指に指輪を嵌めた。サイズはピッタリだ。

「どう？」

「き、きれい……だね」

薄暗い車内でも、その輝きは一目瞭然。

存在感のあるダイヤにただただ恐縮して、そんな当たり前の言葉しか出てこない。

「これ、お前のものだから」

「ま、待ってよ、私っ……仮の奥さんだし——もらえないよ、こんな高価なものっ」

「関係ないだろ。俺があげたいと思ったんだから」

さすがに婚約指輪をもらうなんて図々しいことはできないと思ったのだけど、理人は平然とそう言ってのける。さらには——

「それとも、迷惑？」

なんて、不服そうに訊ねてきた。

「め、迷惑なんかじゃ……」

迷惑どころか——むしろ嬉しいと思った。

理人が用意してくれた指輪は、素人目に見ても豪華だ。おそらくものすごく価値のあるものなのだろう。

でもそういうことではなく、彼が私のために指輪を用意してくれたことが嬉しいのだ。

仮の夫婦なのだから、指輪をプレゼントする必要なんてない。

だけど、理人がそうしたいと望んでくれたことが嬉しい。何だか、感激してしまう。

「じゃあいいだろ」

「でも……」

「いいから。それ、俺の奥さんって印だから、つけておいて」

理人の奥さんという印――

彼の言葉に、心臓がどきんと鳴った。

ただの友達だったはずの理人に、そう言われてドキドキするなんて……

ううん。今はもう友達じゃない。私の旦那さんだ。

「じゃあ、あの、理人……」

再びタクシーが動き出す。私は薬指で光を躍らせるエンゲージリングを見つめながら言った。

「ありがと……だ、大事に、するね」

「ん、そうして」

このとき、私のなかではっきりと、彼と友達を超えた特別な関係でい続けたいという感情が芽生えていた。

そしてこの指輪が、私と理人の関係を別の形で繋いでくれるかもしれない――という、希望の表れにも見えて――

だけど、そんなの照れくさくて、口には出せなかった。

「てか、結婚してるなら寧ろマリッジリングが必要だったよな」

「……そうかも」

そういえばそうだ。私も理人も、今初めて気が付いたという風に小さく笑う。

「今度、一緒に選びに行くか」

「えっ、これ以上買ってもらうのは悪いよっ」

「いいから。『奥さんの印』、多いほうがいいだろ？」

彼はそう言うと、私の肩を抱き寄せて、私の額（ひたい）にスタンプを押すみたいなキスをする。

「……もう」

私は、彼の優しいキスの感触を味わいながら、胸いっぱいに幸福を感じていた。

彼にエンゲージリングをもらった夜——それは、杏から理人のファンのことで忠告をされ、不安に駆られた夜でもあった。

杏の懸念が的中したのは、飲み会の二週間後、彼女とその話をした記憶さえも薄れ始めたころだった。

「お先に失礼しまーす」

午後六時、終業時刻ピッタリにそう宣言すると、私は自分のデスクを立って、周囲の社員に頭を下げた。

「お疲れさま、凪。仕事のあとは奥さん業か、頑張ってね」

「あ、ありがと」

亜子ちゃんがデスクから手を振ってくれるのに礼を言って、急いで会社を出る。

私の「結婚を前提にした同棲」について亜子ちゃんに報告したときは、ずい分驚かれたけど、同時に「やっぱりね」なんて言われたりもした。今では普通に、私を「奥さん」と言ってたりする。

それにしても、働きながらの奥さん業って結構大変だ。

朝はご飯作って洗い物して、余裕があれば軽く掃除もする。それから仕事に行って、終わったら帰る途中にスーパーに寄って買い物して、家に帰ったら夕ご飯作って洗い物して、洗濯して、アイロンかけて――それから、やっと自分の時間。

理人の場合、いつも決まった時間に動いているわけではないし、帰ってこない日もあるからまだ帳尻を合わせたりできるけれど、サラリーマンの旦那さんとかだと大変なんだろうな、と思う。

ましてやここに育児なんかが加わったりすると――今からクラクラしてくる。

いや、子どものいる家庭はどこでもそうなんだろう。けれど、私のようにひとり暮らしがそれなりに長くなってしまうと、どうしても怠け心が顔を出すのだ。一応、理人との同棲生活でかなり軽減はされたかな、とは感じているけれども――

さて、今日は理人が家にいる日だ。早々に買い物をすませて、家に帰らなくては。

「うん?」

駅に向かって歩き始めたところで、羽織っているジャケットのポケットが震えた。

――携帯に着信。理人だ。

「もしもし、どうしたの?」

「凪、もう仕事終わった?」

電話の向こうからは、理人の声。予定では家にいるはずなのに、彼の声の後ろには街の雑踏の音が聞こえる。

「今、外なの？」

「そう。与監督に呼び出されて、少し外で会ってたんだ。で、その帰り。凪の会社のある駅と、そんなに離れてないから、今日は夕飯外で食べない？」

「え、あ……」

私個人としては構わないのだけど、普段、特別な用事がない限りは、ふたりでは外で行動しないと決めていたから、言い淀んでしまう。

「あんまり気乗りしない？」

私の反応を、積極的でない意味で受け取ったらしい理人に訊ねられた。

「ううん、そういうわけじゃないよ。……うん、なら外にしよっか」

私は、彼の誘いに乗ることにした。

不安がまったくないわけではないけど、提案したのは理人だし、そんなに神経質になりすぎる必要はないのかもしれないと思ったのだ。

「それじゃ、駅の近くの花屋の前で待ってて。凪はあとどれくらいで着く？」

「私は十分もあれば着いちゃうよ」

「なら、少し待っててもらうかもしれないけど。なるべく早く行くようにするから」

「わかった。じゃあ、あとでね」

彼との通話を終え、携帯をジャケットのポケットに入れ直す。そして花屋を目指して歩き始めた。

駅前に花屋はひとつしかない。似たような飲食店が立ち並ぶ駅周辺では、わかりやすい待ち合わせスポットだ。

いつも通り、近道の繁華街を通り抜ける。平日の夕刻は、やはり同じようなＯＬやサラリーマンの恰好をしている人が圧倒的に多い。

この通りを抜ければ、約束の花屋は目と鼻の先。

そのとき——

「あの」

コーヒーの香ばしい匂いが漂うカフェの前で女性の声がして、後ろから右の肩を叩かれた。

「はい？」

振り返ると、そこに立っていたのはロリータ系ファッションで身を固めた、可愛らしい女性だった。

年は二十代前半……いや、もしかしたら十代かもしれない。

赤っぽい茶色の髪は胸まで伸び、前髪はパッツン。白いマットな肌に、イチゴジャムを塗ったみたいな、鮮やかに赤い唇。つけまつげバッチリの目には、おそらく黄色っぽいカラーコンタクトを入れている。

「な、何でしょう」

ワンピースもこれまたすごい。スイーツのプリントが施されている、裾がフレアに広がったものは、おそらくパニエを穿いてボリュームを保たせているのだろう。

足元はヒールの高いワンストラップシューズで、マカロンの描かれたハイソックスと合わせていた。

私の人生ではあまり接触したことがないタイプの子なので、妙に緊張する。

「あなたに訊きたいことがあって」

「は、はぁ」

戸惑う私に対し、相手の女性はいやに堂々とした話しぶりで続ける。

「あなた、浅野理人さんの彼女か何かですか？」

「っ⁉」

何でそれを――と思わず口にしそうになり、なんとかこらえる。

まさか私たちが夫婦ってことになってるのは知らないみたいだけど、この子、どうしてこんなことを……？

理人の名前で私の顔色が変わったことを、敏感に察知したのだろう。

「どうしてあなたなんですか」

目の前の女性が、納得いかないとばかりに顔を顰（しか）める。

「あなたみたいなパッとしない顔の女が、あたしの理人のとなりにいるなんて……許せないっ」

「は？」

え、何。

この子今、私のこと、『パッとしない顔の女』って。

それだけじゃない、『あたしの理人』って……？

「理人は完璧なの。こんなにきれいな男の人、他に見たことないくらい、魅力的な人。あたしは彼が雑誌でデビューしたときから、ずっと追っかけてきたの」

「………」

「勘違いしないで、理人と付き合いたいとか、そんなことは思ってない。あたしみたいな一ファンには畏れ多いもの。ただ、彼のとなりにいるのは、彼と釣り合うくらいのとびきりの美人じゃなきゃ、納得いかない」

……そういうこと。彼女は理人の超がつくファンなのか。

ファンというか、どこか崇拝してるような節すら感じる。美しいものに対するこだわりが強いと、こういう思考に行きつくのかもしれない。

「あの、ここだと目立つので、こちらに」

万一、彼女に騒がれたりすると注目を集めてしまう。

理人と待ち合わせている以上、彼に迷惑がかかってはいけないと判断し、私は店舗の陰になっている場所に彼女を誘導した。

「――で、つまりあなたは、私が理人にふさわしくないから怒ってるって、そういうこと？」

「『理人』？」

「あっ」

しまった、墓穴を掘ってしまった。

彼とは無関係であることを主張して、宥めて、やり過ごそうって考えてたのに……私のバカ！

「違うの、彼は私の昔からの友達で――」

「友達って、言い逃れするときの常套句ですよね」

「っ……」

だめだ、完全に疑ってる。

私が何を言おうと、彼女は私を理人のパートナーだと認定してしまっているような雰囲気だ。

「お願いだから、理人と別れて。理人には、彼と同じくらい美しい人じゃないと釣り合わない。あなたはふさわしくない」

遠回しに――いや、これは直接的にだな――美人ではない、とハッキリ言われるのは、いかにそれを自覚している私でも、多少はヘコむ。

仕方ないじゃない、そういう星のもとに生まれてきてしまったんだから！　顔が選べるなら、生まれる前に選んでるわ！

心のなかで言い返してなんとか平常心を保っていると、女性はさらに攻撃してくる。

「あたしだけじゃなく、多分理人のファンはみんなそう思ってるはず。あなただって理人のことを本当に好きなら、彼のとなりには最上級の美人がいてほしいとは思わないの？　彼を取り巻く世界を壊さないような、とびっきり綺麗な人に」

『彼を取り巻く世界を壊さないような』って……すごい表現だな。

この人のなかでは、「理人というような人物はこうあるべき！」という気持ちが異常に強いのだろう。

まさに、理人が寝るときにはバスローブとかシルクのパジャマとかを着ててほしいと願っているタイプの人。

「……私がふさわしいかどうかは置いておいて、どういう人を選ぶかは理人が決めたらいいんじゃないですか？　理人がとなりにいてほしいと思う人なら、誰にだってその権利が——」

「そんなの嫌です！　絶対に嫌！」

彼女は私の言葉にカッとした様子で叫んだ。髪と同じく赤茶色にカラーリングしている眉を顰め、艶やかな赤い唇をきゅっと不満気に結ぶ。

「理人は絶世のイケメンなの。そんな理人が大して可愛くない女と一緒にいるなんて、無理、耐えられない。見たくないし、そんな理人を今まで通り愛せない！」

「………」

驚いた。こんな風に思う人が現実にいるとは。

彼女の言葉が想定外すぎて、どんな返答をするべきなのか、すぐには思いつかなかった。

「あたしは美しいものが好きだから、理人のことが好きなの。凛々しい眉に、吸い込まれそうな瞳、細いけど鍛えてる身体。彼のスナップやグラビアを見てるとドキドキするし、元気になれるの。ファンイベントで動いている彼を初めて見たときは、カッコよすぎて失神しちゃうかと思った」

「はあ」

「理人にはいつも完璧であってほしいの。彼は日本では超一流のスーパーモデルよ。少なくともあたしはそう信じてる。そんな彼がブスを横に置いてるなんて、死んでも許せない。あの素晴らしく整った彼の顔に対する冒涜でしょ。ガッカリする」

「っ……」

今の私を漫画で表現するなら、こめかみに青筋が立っているだろうと思う。私は、間髪容れずに反論してしまいそうなところを、今、なんとか拳を握ってぐっとこらえているところだ。

初対面の人間からブスという侮蔑の言葉を頂いてしまったことや、冒涜だとまで言われてしまったのもその一因だけど——

「さっきから聞いてると、顔、顔って、理人の顔のことしか言わないけど……あなたファンなんでしょ？　それ以外のところって、見てないわけ？」

「冷静に、冷静に……」と頭のなかで唱えながら訊ねる。そうじゃなければ、責め立ててるみたいなキツい口調になってしまいそうだったから。

彼女の言葉を聞き、心のなかにモヤモヤが生じている。彼女が理人に対して発言を重ねていくたびに、そのモヤモヤの嵩が増すように感じた。

——ところが。

「理人の顔以外なんてどうでもいいもの」

返ってきた言葉は、私のモヤモヤをさらに増幅させるものだった。

「あたしは理人の顔が大好きなわけで、それ以外のところなんて興味ないからいいの。たとえ中身なんてない、薄っぺらいヤツでも、顔が最高によければそれだけで許せるし」

ぶちっと、私のなかで何かが切れた音がした。

「勝手なこと言わないでよっ！」

私は彼女に寄って声を張り上げた。

「理人はね、中身がないわけでも、薄っぺらくもない。あなたが考えてるよりも、ずっとちゃんとしてる男ですから！」

抑えていたものが噴き出すみたいに、私は猛然と言い返した。

だって悔しかったのだ。理人と夫婦みたいになる前も、私はひとりの人間として理人を好きで尊敬していた。

彼のみてくればかりを肯定する目の前の彼女は、その人間性をちっとも見ようとしない。その事実が、悔しくて悲しい。

そりゃあ、理人は誰がどう見てもイケメンだ。だからモデルの仕事をしているし、だからこそ見る人に夢を与える立場でもある。

だけど、彼が持っているものは美しい容姿だけじゃないのだ。それは、付き合いの長い私だからこそ、断言できる。

「ブスで結構。だけど私は、理人の顔が好きで一緒にいるわけじゃない。スーパーモデルだからでもない。彼が理人だから、一緒にいるの。顔だけでファンだなんて名乗ってるあなたのほうがよっぽど中身もないし、薄っぺらいんじゃない？」

目を瞠って圧倒されている彼女に、私はキッパリと言い放つ。

あぁ、やっと蓄積したモヤモヤの正体がわかった。私は、理人がまるで顔だけの男だと言われているような気がして、腹が立っていたんだ。

……理人の人柄の部分を、否定されたような気がして。

そんな人に、ファンだなんて言ってほしくないし、認めたくない。

「――わかったのなら、さっさと帰って。そんなあなたに理人との関係をどうこう言われる筋合いなんてない」

「っ……！」

鼻息荒くそう言うと、彼女はちょっと怯えたように瞳を潤ませた。そしてそのまま踵を返して繁華街の入り口の方向へと、脱兎のごとく走り去る。

そこで私はハッとして、周囲を見回した。

路地裏ということもあって、まあまあ声を張った割には、私たちのやり取りを遠目で見ていたり、聞き耳を立てたりしている人はいなそうだった。

理人との関係を認めたような言い方になってしまっていたんじゃないか、と危ぶんだけど……とりあえずは、セーフみたいだ。

メインの通りに戻るために俯き気味に歩き出したところで、先ほどの彼女の顔が脳裏に浮かぶ。

……大人げなかっただろうか。泣きそうな様子にも見えたし。

「いや、でも私は悪くない」

「俺もそう思う」

「っ!?」

独り言に返事が返ってきたことに驚いて顔を上げる。

カフェの扉の横に立っていたのは、マスクを装着した理人だった。

「え、何でここに……」

「花屋に行く途中にお前のこと見つけて、話しかけようとしたんだけど――先客がいたみたいで」

先客とは、さっきの女性を示しているのだろう。

ということは――

「じゃあ、さっきの聞いて……？」

「バッチリ聞いた。『彼が理人だから、一緒にいるの』……だっけ？」

「い、言わなくていいよっ！」

自分の発言だけど、改めて聞かされるのは恥ずかしすぎる。ジタバタともがきたくなった。

理人はというと、そんな私の反応を楽しむかのように、声を殺して笑っている。

……もうっ、そんなに面白がることないのにっ！　腹立つ！

「しょうがないじゃない。まさか呼び止められてあんなこと吹っかけられるとは思わなかったんだから……」

「ブスとはご挨拶（あいさつ）だったよな」

「聞こえてたんだ。……でもそれに関してはまだ我慢できた」

私が投げやりに言うと、理人は意外そうに眉を上げた。

「じゃあ、何でお前があんなに怒る必要があるんだよ。言われてたのは俺のことなんだから、聞き流せばいいのに」

気にしないで聞き流す。確かに、そういう手段もあったか。

――いや、でも。

「……だって、嫌だったんだもん。彼女の言ってることが」

理人の見かけ以外を排除し、否定しているのが許せなかった。

彼は顔だけの男じゃないって言わなきゃ、気がすまなかったんだ。

「ごめん、私、余計なこと言っちゃったよね」

冷静になれと自分に言い聞かせていたのに、全然できなかった。

クールダウンした今考えてみると、理人の超ファンである彼女に、自分が彼ととても親しいという情報を与えてしまったのだ。それは明らかなミスだ。

さっきの行動が、理人に迷惑をかけなければいいのだけど。

今さらながら反省する。

「何で。俺、割と――いや、かなり、嬉しかったけど?」

しかし、理人の反応は私の思いに反していた。

「嬉しい？　どうして？」

「お前は俺を否定されたのが気に食わなくて、さっきの子に言い返してくれたってことだろ。……それって、嬉しくない？」

口元はマスクに隠れて見えないけれど、目でわかる。

理人は微笑んでいた。

「お前さ、大学三年のときも、似たようなことやったよな」

「似たようなこと？」

「ああ。俺が雑誌の表紙になったころ——どうしても大学を休みがちになって、あんまり授業に出られないでいた時期があったろ。それで、環境学の授業のときに」

「あ……」

思い当たる出来事があって、私はそのころの記憶に思いを馳せた。


大学三年といえば、私や仲間たちで、理人の代返を頻繁にしていたころだ。

環境学は六人全員が一緒に取っていた講義で、その日はたまたま、理人も都合がついて授業に出席していた。

『そういや、うちの学年の同じ学科に、読モからモデルになったヤツがいるらしいよ』

『知ってる、それ浅野ってヤツだろ』

私たちの前の席の二人組が、偶然にも理人の噂話をしていた。

おそらく私たちが後ろにいることに気付いていなかったのだろう。私は思わず聞き耳を立てていた。

『オレさ、見たことないんだよね。どんなヤツなの？』

『んー、俺も話したことはないけど、すっげーチャラそうだよ。女遊び激しそうだし、いかにもって感じ』

『うわー、マジか』

『撮影とかで代返しまくってるから、講義の内容わかんないじゃん。んで、女の教授の講義は色目使って単位もらおうとしてるって噂』

この講義は百名規模の大講義室で行われていて、全体的にざわついていた。それゆえ、学生のお喋り(しゃべ)りに拍車がかかってしまったのだろう。

聞く気がなくとも、強制的に耳に入るほどの音量だったから、その時点でかなり気分は悪かった。

理人は女の子にモテたけど、決してチャラくはなかったし、女遊びも激しくない――むしろ、言い寄ってくる女の子をきっちり拒絶することの方が多いくらいだった。

当然、女の教授に色目を使うようなこともない。

彼らはおそらく、理人の華やかな外見から受けるイメージだけで会話しているのだろう。本当の彼を知らないから、憶測だけで語っている。それはわかっていた。

でも――

『それズルくね？　この講義とか、最後のテストがかなりエグいらしいじゃん。そーゆーの、全部スルーできるってこと？』

『真面目にやってる俺たちはバカバカしく感じるよなー。女の武器を使うっていうのはよく聞くけど、男の場合はあんま聞かないよな』

『そこまでして単位取って卒業したところで、だよな。ゲーノージンになるようなヤツの考えてることって、よくわからんわ』
――何なの、コイツら。ありもしないことをベラベラと。
理人のこと何も知らないくせに！
『ちょっと』
私は考えるよりも先に、前方の男子学生ふたりに怒気まじりの声を投げかけていた。
『勝手なこと言わないでよ。今話してたこと、全部撤回して』

「そ、そんなこともあったね……」

およそ五年前の出来事だ。あのころもまったく同じことをしていたとは――思い出して、さらに恥ずかしくなってきた。

「お前、俺の目の前で、そのふたりに説教始めるもんだから、めちゃくちゃ気まずかったのを覚えてる」

理人が懐かしそうに目を細めてから、また笑った。

「で、でもそれがあったから、ちゃんと目の前で謝らせることができたでしょ！」

「別に謝らせなくてもよかったんだけどな。けど」

肩を竦めたりしながら、理人の目がまっすぐ私を見つめてくる。

「今回のこともそうだけど、お前が俺のためにそうやって真剣に怒ってくれたことは、素直に嬉しかった」

「……そ、そっか」

あのときもそう思ってくれてたんだ。

理人、何も言わなかったから知らなかったよ。……私、おせっかいだったかなってしばらく気にしてたから、そうじゃなくてよかった。

「ただ、毎回それやってるとお前が大変だろ。言いたいヤツには言わせておけよ。俺は全然気にしない」

「けどっ……」

事実じゃないことを言われて、傷ついたり腹が立ったりしないのだろうか。私が言葉を重ねようとするのを、理人はゆるく首を振って制した。

「俺のことは、お前がわかってくれてたらそれでいいから」

「理人……」

「凪のそういうまっすぐなところ、俺は好きだ。だけど、俺の本当にいいところは、凪だけに知っててほしい——凪は俺の奥さんなんだしな」

「………」

そ、そんな台詞(せりふ)言われるなんて思ってなかったから、何て返事していいかわからないよ。

戸惑いつつも、理人の言葉は、ブランデーを垂らしたホットミルクを飲んだときのように、じんわりとした温かさを運んできた。

エンゲージリングをもらったあの夜に感じた、胸いっぱいの幸福感と同じ気がする。

「理人……その、ありがと」

ごにょごにょと不明瞭な声で、一応お礼は言っておく。

「凪」

「は、はい」

改めて名前を呼ばれ、何だか緊張した。つい畏(かしこ)まって返事をする。

「外食の予定、変更な。家に帰るぞ」

理人は言いながら私の手を引いて、駅へ向かって歩き出す。

「え？」

「……悪い、俺、今すぐお前のこと、ほしくなった」

「はむぅ、んんっ……」

玄関に辿り着くなり、貪(むさぼ)るような激しいキスをされ、私は小さく呻(うめ)いた。

「んっ、ふ、ぅっ……」

外へと続く扉に押しつけられている私には逃げ場がなく、強引に入り込んでくる彼の舌や、力強い腕から逃れることができない。

どうしたっていうの。理人はいつも余裕綽々(よゆうしゃくしゃく)で、こんなに切羽(せっぱ)詰まった様子で求めてくることなんてなかったのに。

「はぁっ、待っ……苦し、よっ……」

経験の乏しさゆえか、キスをしながら上手く呼吸ができない。

口腔を遠慮なく探ってくる彼に、少し休憩をもらえるように、軽く胸を押してアピールしてみる。

けれど……

「だめ、凪とキスしたいから」

「な、にそれっ……んんっ」

よくわからない勝手な理由で却下される。

このままじゃ酸欠になりそうなのに――一方で、彼との口付けを楽しんでいる自分もいた。

彼の柔らかな唇と触れ合っているだけで心地いい。

彼の舌先が私のそれに絡んできて、歯列や口蓋をなぞってくるのも、ゾクゾクして気持ちいい。

ちゅ、と軽い音を残し、離れていってしまうと寂しくて、また重ねたくなる。その繰り返しだ。

「はぁ……ん、ぅっ」

その行為に没頭していくうちに、むしろ私のほうが彼にキスをせがんでいるような形になっていた。

「待ってなんて言う割に、凪のほうがほしがってるけど?」

理人もそれに気が付いているみたいで、唇が離れた隙におでこをくっつけ、煽ってくる。

「……だってっ」

それ以上追及してくるわけでもなく、じっと私の目を見つめる理人。意地悪な彼の瞳が、言葉以上に私を追い立ててくる。

「キスも気持ちいいけど――それだけじゃ嫌だろ？」

胸元に彼の手のひらが添えられた。やわやわと指先を動かすような手つきで揉まれると、徐々に身体の芯が熱くなってくるのがわかる。

「そういうときは、なんて言うんだっけ」

理人と何度も身体を重ねてきてわかったこと。それは、私が恥ずかしがっているところや、困っているところが見たいらしい、というもの。

煽っておいて、私におねだりをさせるのが好きみたいだ。――本当に、意地悪だと思う。

けれど私は、耳元に直接囁かれると、どうしても抗えなくなる。何かに導かれるみたいにして、口を開く。

「理人っ……もっと気持ちいいこと、してっ……」

私は恥ずかしさをこらえながら、彼の瞳を見つめてお願いをする。

困ったことに、いつしかそれが、私にとっての欲望のスイッチになってしまったようだ。身体の奥のほうが熱く蕩けるみたいな感覚に襲われてしまう。

「凪、今すごくえっちな顔してる」

私のお願いを聞くと、理人は満足そうに笑んで額にひとつキスを落とした。

「寝室に行こう。凪のしてほしいこと、たくさんしてあげるから」

手を引かれ、寝室の大きなベッドに座らされる。となりに腰かけた理人が、耳元で囁いた。

「自分で脱げよ。見ててやるから」

「じ……自分で？」

理人が目で頷く。今までは、彼が脱がせていた衣服。

それを、彼の視線を感じながら、自分で脱がなければいけないというのか。

ああ、もう。そんなの――無理。でも、恥ずかしいからと拒んだところで、それを許してくれる理人ではない。

彼が引かないことを、私はもう知っている。

私は意を決してジャケットのボタンに手をかけて、袖から腕を抜いた。

「お前にしては素直だな」

――一緒に暮らしたこのひと月半の成果だと言ってほしい。無意味な抵抗は、恥ずかしいと感じる時間を長くするだけだと学んだのだ。

ジャケットの下はシンプルな白のブラウス。一番上はもとから外していたので、二つめからを順番に外し、脱ぐ。

……刺さるような理人の視線に緊張する。

彼には毎晩のように裸を見られているけれど、だからといって羞恥心が消えるわけではない。

少しずつ生まれたままの姿になっていくのをずっと見られているのは、急に裸になるよりも恥ずかしいかもしれない。

次はスカート。プリーツの入っている、長めの丈のもの。サイドのホックを外し、ジッパーを下ろす。お尻を浮かせて、こちらも脱いでしまう。

「次はキャミソールだ」

問題はここからだ。ブラウスの下に着ていた白い無地のキャミソールを裾からたくしあげ脱ぎ去ると、ブラとショーツだけになってしまう。

ブラもショーツも、シャンパンゴールドの無地という、いたってシンプルなもの。最初はレースやリボンのついた、可愛らしいものを身に着けていたのだけれど、理人はこっちのほうが好みに合うらしい。

それまで脱いだ衣類を纏めて、ベッドの脇に重ねて置く。

「ブラ、取って」

命じられるままに、背中に手を回してブラのホックを外す。

「…………」

この手を離してしまえば、当然胸を覆う部分が外れて、胸元を晒すことになってしまうのだけど——

覚悟は決めたものの、恥ずかしいものは恥ずかしい。

縋るように理人の顔を見る。けれど彼は口元に薄く笑みを湛えているだけで、許してくれそうになかった。

観念してブラを取り去り、残るはショーツのみとなる。

と、私はあることに気付いてしまい、反射的に両脚をきつく閉じた。

「どうした？」

「べ、別に」

精一杯平静を装(よそお)った声で答えたつもりだった。

「隠さないで見せて。……最後の一枚、それを脱がなきゃいけないだろ？」

私が隠そうとしているものに気付いているのか、ショーツを脱ぐように指示してくる。

「っ……」

もうこうなってしまっては、従うしかない。

私はさっきスカートを脱いだときと同じく、お尻を浮かせて、ショーツを脱いだ。

「それ、渡して」

ブラと一緒にしてから、ジャケットなどの上に置こうとしたものの、彼に渡すように促(うなが)される。

「で、でも」

「いいから、渡して。……それとも、俺に渡せない理由でもある？」

「……わ、わかった」

彼は確実に気付いている。そう確信しつつも、どうすることもできない私は、脱いだ下着を彼に差し出した。

「凪、これ――見てごらん」

「っ！」

案の定、理人は私のショーツのクロッチ部分を見せて言った。

「どうして濡れてるの？　まだキスしかしてないのに」

彼が指摘するように、クロッチには私の身体から溢れた蜜が染みを作っていた。

無地の薄い色味のおかげで染みは否が応でも目立ち、言い逃れなどできない。

「まだ凪の身体に触れてないのに、どうしてびしょびしょなんだ？」

「っ、しらないっ……」

「もしかして、脱ぎながら感じてた？　これから何されるんだろうって想像して」

認めたくはないけれど、おそらくそうなのだろう。

彼の視線を感じながら一枚ずつ服を脱いでいくことで、期待してしまったのだ。彼がこの先、どんな快楽をくれるのか――どんな風に私を抱いてくれるのか、と。

「否定しないってことは、そうなんだろ。心配するなよ。言ったよな、お前のしてほしいこと、たくさんしてやるって」

「あっ……」

理人は横から私の両膝を立てさせ、その両膝に私の手をそれぞれ添えさせる。

それにより、私はベッドの上でM字開脚をしているような体勢になった。

「こ、これっ……恥ずかしいっ……」

これでは、局部が丸見えになってしまっている。普段であれば、誰にも見せることのない、秘められた場所が。

「ああ、恥ずかしいだろうな。こんなにやらしい汁垂らしてるところ、さらけ出してんだから」

「ね、ねぇっ……許してっ、いつまでこんなポーズしてたらいいのっ……」

湿り気を帯びている秘裂に外気が触れて、それすら微(かす)かな刺激になる。

私の問いに、理人は唇の端を引き上げるようにして笑った。

「まだだよ。凪、触ってほしいところ、自分で開いて見せてみろよ」

自分で開いて——って、まさか……!?

「そ、そんなのできないよ。できるわけないじゃん」

この体勢でさえ相当恥ずかしいのに……理人は、私に恥ずかしさで悶絶(もんぜつ)して死ねというのだろうか。

「触ってほしいところ、わかるようにちゃんと見せてもらってからじゃないと、弄(いじ)ってやれない。どうする？」

理人はどこまでもSだ。私に、自分の秘部を見せつけるように要求するなんて。

「——見せるよな、凪？」

台詞(せりふ)に似合わない爽(さわ)やかな笑顔がムカつく。有無を言わさない、と断言している笑みだ。

「……ずるいっ」

私が拒否できないことを知りながらそう訊いてくる理人はずるい。

「片手の人差し指と中指で、入り口のところを広げて。ナカが見えるように」

「んっ……」

理人が命じるままに、私は人差し指と中指を使って、下肢の割れ目を押し開く。

とろとろと蜜を吐き出すそこが、ひくひくと小刻みに戦慄いているのがわかった。

「凪、すごくエロい。物ほしそうに、ナカが震えてる」

「やぁっ……」

彼は私が嫌がるのを知って、わざと秘部を覗き込むような仕草をする。

そしてそれだけでは飽き足らず、小さく震えるその部分を指先でつっとなぞった。

「んんっ！」

「ちょっと触っただけですごい反応。そんなにイイ？」

「ぁ、んんっ、それっ……敏感なところ、摘んだらっ……！」

激しい快感が下半身を駆け抜ける。

腰が砕けてしまうような刺激に、私はたまらず大きな声を上げた。

「凪、俺と一緒にいてすごく感じやすくなっただろ」

入り口のところをゆるゆると指先で撫でながら、彼が訊ねる。

「わ、わかんないよそんなの」

「最初のうちはしばらくセックスしてなかったからか、反応が鈍かったけど……今じゃ俺に見られるだけで、想像して、感じるようになったんだよな？」

そこまで言うと、理人は愛撫を止めてしまった。

どうして——そんな視線で問いかけると、理人がやはり意地悪な笑みを浮かべる。

「俺が気持ちよくしてあげようと思ったけど、やっぱりやめた。凪、自分で気持ちいいところに当ててみてよ。俺の手は貸してやるから」

「……？」

彼の意図が理解できない。

困って、彼の顔を見つめる。

「だから、凪が自分で触れ合わせたり、擦りつけたりして気持ちよくするんだよ。俺の指や手を使って――」

まるでやり方を教えるみたいに、理人が手の甲で私の秘裂を撫でた。

「ぁんっ！」

粘膜と皮膚が擦れて、びりびりとした快感が生じる。

自分で？　つまり、彼の指や手に自分の恥ずかしい場所を押しつけて、気持ちよくなれってこと？

そんなはしたないこと、できない。

できないけど……理人がそれを望んでいるのであれば、実行に移さなければ、私のこの中途半端に火照った身体はそのままにされてしまうだろう。

「凪は俺の奥さんだから、できるよな？　俺のお願いしたこと」

お願い、だなんてマイルドな表現が似合わないほど、強制感の漂う薄い笑み。

――悩んだところでしょうがない。やっぱりやるしかないのだ。彼に指示されたことは、すべて。

「ほら……してみて」

彼は座ったままに、それまで私の秘裂を弄っていた手を前に突き出した。

わからないながらも、私はベッドから降りて両脚を開き、ちょうど彼の手首のところが秘裂に当たるように、脚の間に挟んでみる。

「あっ……ん、はぁっ……」

自分の蜜を潤滑油にして腰を動かし、彼の手首から肘までを往復させる。

何これ——気持ちいいっ……！

「気持ちいいだろ？」

私は彼の問いかけに頷くのが精いっぱいだった。

秘裂が彼の腕のラインにフィットして、襞や秘芽を擦り上げていくのがたまらない。

「そんなに気に入った？　腕、ふやけそうだな」

指先でピンポイントにいいところを攻められるのとは違った刺激に、身体の奥がさらに熱を帯びていく。

自ら前後の動きを繰り返し、彼の腕を蜜でびしょびしょに汚してしまいながらも、彼の筋肉質な腕から快感を貪るのを止められなかった。

「なぁ、凪——今自分が何してるかわかってる？」

熱に浮かされたみたいに腰を動かし続ける私に、理人が揶揄まじりに訊ねた。

「旦那の腕に自分のやらしいところ擦りつけて、気持ちよくなって……ナカ、ひくひくさせてる」

腕から、私の秘裂の様子が伝わっているのだろう。彼はさらに続けた。

「敏感なところが引っかかって、ひしゃげて……それだけでイけちゃいそうじゃないか？　凪はこ弄られると、すぐにイッちゃうからな」

「やぁあっ……」

理人のほうから腕を秘裂に押しつけてきたので、敏感な突起が強く刺激される。私はびくんびくんと腰を震わせながらその快楽に浸り、喘ぎ声をこぼした。

「どうする？　このままイきたい？」

「んんっ、やだっ……」

「何で。気持ちいいんじゃないのか？」

私は子どもがいやいやをするみたいに首を横に振った。

「気持ちいい……けど、イくなら、理人と繋がってイきたいっ……」

このままひとりで達してしまうなんて寂しすぎる。

もっと理人の体温や鼓動を感じながら、ふたりで気持ちよくなりたい。

「可愛いこと言うんだな」

私を見上げた理人の瞳が、鋭く、それでいて熱っぽく光る。彼の衝動に火を点けてしまったらしい。

「俺も――凪と繋がりたい。凪のナカ、俺ので気持ちよくしてやるよ」

ベルトをゆるめ、昂った自身を露わにした理人は、ベッドに座った状態で私を膝の上に跨らせた。

彼と向かい合う体勢になり、私は彼の背中に腕を回してキスをせがんだ。

「んっ、はぁっ……」

理人とのキスはしっくりくるというか、安心する。それだけの回数を重ねてきたからかもしれない。興奮も高まるのに安心感もある、という、矛盾(むじゅん)しているみたいな感覚になるのだ。

「あ」

「どうした？」

「ううん、何でもない」

それまですっかり忘れていたのに――九月の飲み会での、杏とのやり取りを思い出した。

『杏、私に運命の人の見分け方教えてよ。後学のために』

『ドキドキする気持ちと、一緒にいて安心できる気持ち。両方感じられること、かなぁ』

そのときは全然ピンとこなかったけど、今ならわかる。

私が理人に抱いている感覚って、杏が淳之介に抱いているそれなのだろう。

ということは、理人が私の運命の人？

……なんて、考えてしまったりして。

「凪、今日は自分で挿(い)れてみて」

「私が……？」

「そう。俺の、早くほしいだろ？」

彼の切っ先が秘裂に触れる。……熱い。それに、どくどくと脈打っている。

私の入り口はいつでも彼を受け入れる準備ができていて、その期待に打ち震えていた。

「俺のを、凪の入り口に当てて……腰を落とせばいい」

理人の先端が入り口に触れる。そのまま、体重を乗せるみたいにして、腰を下ろすと――

「ぁああっ！」

入り口を突破し、内壁を擦り上げて、理人自身が身体の奥深くへと挿入り込んできた。

「はぁっ……すごい、奥に当たるっ……！」

私の体重が乗っているせいもあり、先端が奥を突いて、得も言われぬ悦びを運んでくる。

「動くからな、凪っ……」

「ぁっ！」

私のお尻を抱えながら、理人が小刻みに身体を揺らした。

前後に大きく腰を揺らしたり、上下に突き上げたり。変化をつけた動きに、私は喘がされっぱなしになる。

「っ……凪のが吸いついてくるから、気持ちいい」

「わ、私もっ……気持ちいいのっ……！」

「もっと言って。気持ちいいって」

「はぁ、ふぅんっ……気持ちいいよっ、理人っ……！」

理人の端整な顔が、快感に染まっている。それは、女の私が嫉妬してしまうくらいに美しかった。

「可愛い、凪」

つくづく理人は変わっている。

芸能界には美女がごまんといるはずで、審美眼だって磨かれているはずなのに、こんな私を可愛いだなんて。

私は平々凡々もいいところだ。さっきのファンの子には、ブスだなんて暴言を吐かれてしまうくらいの、およそ彼とは釣り合わない容姿であることには間違いない。

……でも、嬉しい。

純粋に嬉しかった。理人に可愛いと褒められることが。

本当にそう感じてくれているのだとわかる言い方を理人がしてくれるから、素直に信じられるのだ。

「奥、いっぱいぐりぐりしてあげる――」

「やぁっ、それだめっ！　変になるっ……！」

奥をノックするみたいに腰を押しつけられ、意識が飛びそうになる。

激しい快感に振り落とされないよう、私は必死で彼の首元にしがみついた。

「だから、変になっていいんだって」

追い打ちをかけるように、理人が片手で私の背を抱きながら、耳朶を甘噛みした。唇で吸いつく愛撫もしてくる。

「ぁ、ああっ、いやぁっ！」

身体の奥を突かれるのと一緒に耳を弄られたら、何も考えられなくなっちゃうのにっ……！

「凪は耳を舐めながらだと、ナカがすごく締まるんだよな」

「そ、んなの知らないっ……！」

「それにいっぱい濡れてくる。音、すごいだろ？」

彼が示すように、私の膣内を行ったり来たりするときの水音は、最初よりもずっと水分を含んだ音に変化していた。

膣内の奥の奥を突くような抽送。

彼の根元の部分で秘芽を刺激され、私の身体はもういつでも達してしまえそうなほどの激しい悦びを感じていた。

だめ――目の前がチカチカする。

頭のなかが真っ白で、何も考えられなくなって――

「ぁあああああっ……！」

次の瞬間、私は一際高い声を上げて達してしまった。

「はぁっ……はぁっ、ぁあっ……」

全身が、糸が張り詰めたみたいに緊張し、その後、弛緩する。

「もうイッた？　気持ちよさそうな声上げちゃって」

察しているはずの理人だけど、律動を止めない。むしろ、膣内をより力強く突き上げ始めた。

「やだぁっ……理人、お願いっ、少し休憩っ……！」

快感を極めたばかりの身体は敏感で、刺激に弱い。それをわかっていながら、理人は私の膣内を容赦なく攻め立ててくる。

「ほんとに、だめなのっ——それ以上されると、私っ……！」

下肢から何かがせり上がってくる感じがした。何だろう、初めての感覚だ。

でもそれよりも——まずは、この強すぎる快楽から解放されたい。

「もう少しでイけそうだから、凪、もう少し付き合ってっ……」

「やぁっ、無理っ、そんなにお腹のなか、擦らないでっ……！」

この快楽地獄に耐えられそうにない。

少しゆるめてもらえるように頼んでみても、理人も今は自身の絶頂を得ることに夢中で、私の要求に応える気配はなかった。

「凪、凪っ……お前のナカ、気持ちいいっ……！」

限界が近いのか、私の膣内で理人の質量が増している。

内壁を押し広げて——ラストスパートとばかりに、腰の動きが速くなった。

「ああ、やぁああっ！」

だめ、身体が弾けてしまいそう。受け止めきれない悦楽が蓄積され、限界点を突破したとき——

「凪、イくよっ……！」

「〜〜〜……！」

理人が私の身体から自身を引き抜いて、私の二つの胸の膨らみに、絶頂の証を吐き出した。

彼の熱を受け止めながら、私は再び達してしまうと同時に、秘裂から蜜とは違うさらさらした液体を噴き出していた。

「はぁっ、あ、ご、ごめんっ……！」

私と違い、理人は衣服を身に着けたままだ。カットソーやジーンズが汚れてしまった。

衣服だけではなく、ベッドのシーツも濡らしている。

「いいよ。お前の胸も俺のでベトベトだし」

理人が枕もとにあるティッシュを取って、まずは私の胸を清めてくれる。

「あ、ありがと……でも、私、いっぱい汚しちゃって」

まさかここまで自分の身体が制御できなくなるなんて思ってもみなかった。

気持ちよすぎて、こんな風になっちゃうなんて――

理人が私の頭をぽんぽんと撫でながら、笑って言った。

「いいんだって。どうせ全部洗わなきゃならないから、これで今夜は心おきなく愛し合えるだろ？」

「きゃっ――」

私の肩を押して、理人が私を組み敷くような体勢になる。彼はカットソーを脱ぎながら、不敵な笑みを浮かべた。

「今夜は寝られると思うなよ？　一晩中、啼かせてやるから」

――この夜、一晩中彼に求められ続けた私は、翌日、寝不足かつ嗄れた声で出社することとなってしまった。

睡眠の足りないボンヤリした頭で思う。彼と、いつまでこんな風に触れ合えるのだろうか、と。

私と理人は、目的があって一緒にいる。その目的が果たされてしまえば、夫婦でいる理由なんてなくなるのだ。

もう理人と触れ合えないなんて……。想像するだけで、胸が苦しくなる。

だって私は、理人が本当の旦那さんならどんなにいいかと思うようになってしまっているから。

私は理人のことを、ひとりの男性として——

……いや。今それを考えるのはよそう。今は、ふたりでいられるこの関係を楽しんでいたい。

理人と夫婦でいることのできるこの時間を、フルに楽しもう。

私はそう、心に決めた。

6

「クランクアップ、まことにお疲れ様でした！　乾杯」

「お疲れ様でした！」

十二月の初旬。都内某ホテルのパーティー会場にて、理人の出演した映画のクランクアップ記念パーティーが盛大に行われていた。正式タイトルも仮タイトルから変わることなく、『この街で、僕たちは出会った』に決定している。

本来映画撮影というのは長期のスケジュールを組んでじっくりと進めていくものだそうだけれど、

この映画はワンシーズンの間に撮りきってしまいたい、という監督の強い希望で、かなり駆け足での撮影となった。

そのため、キャスト陣の拘束も厳しかったようだけど、さすがの与監督。それでも出演したい、出演させたいというキャストや事務所側の意向もあり、さほど調整は難しくなかったらしい。

黒のタキシードに白のベスト、それに赤いタイという、今日も今日とて派手めの与監督が乾杯の挨拶をすると、会場内にいる百五十名ほどの参加者が一斉にグラスを軽く持ち上げた。そのあと、割れんばかりの拍手が鳴り響く。

その盛り上がりと人数の多さにただただ圧倒されていたけれど、理人から、この規模でも関係者がすべて集まっているわけではないと聞かされて驚いた。

……映画って、ものすごくたくさんの人の手によって創られているんだな、としみじみ思う。

「っていうか、私が参加しちゃってよかったの？　作品に関わったわけでもないのに」

会場内にいくつもある丸テーブルのひとつで緊張して立ち尽くす私は、となりでシャンパンを味わっている理人に訊ねた。

「いいに決まってるだろ。他のキャストも、奥さんとか家族連れてきてる人は結構いるし」

「そ、そうなんだ……」

そっか、じゃあこの場の空気にそぐわないのではないかとソワソワしているのも、私だけではないということか。ちょっと安心する。

パーティーなんて華やかな場は、大学の卒業パーティー以来かもしれない。

自分とはまったく縁のない出来事だと思っていたから、数日前に今日の話を聞いたときはかなり慌てた。着ていく服がなかったのだ。

自分ひとりの問題であれば、それらしいのを適当に選んでしまうところだけど、私は理人の配偶者として出席するわけだから、少しでも品よく、好印象を与えるものを選ばなければならない。

考えに考えて選んだのは、ネイビーの膝丈で、ウエストから膝にかけてチュールが重ねてあるドレス。それに、オフホワイトのボレロと黒いハイヒールを合わせた。

髪の毛も、普段のブローするだけのナチュラルな感じではなく、美容院で巻いてセットしてもらった。

不精な私にしては、今回はかなり頑張ったと思う。

そして、左手の薬指には、理人にもらったエンゲージリング。

パーティー会場の煌々とした明かりの下で、彼のくれたダイヤは存分にその輝きを発揮している。

久しぶりに光を浴びたこの指輪。

本音を言えば、理人からのプレゼントは常に身に着けていたいのだけど、日常生活でつけるにはあまりにも目立ちすぎるため、普段はチェストのなかに大切にしまっているのだ。

人前で彼からの贈り物を嵌めることができるのは、それだけで気分がよかった。ドレスにもよくマッチしていると思う。

気を遣って衣装や装飾品を選んだ私とは対照的に、理人はパパッと自分が着るものを決めていた。

ブラックジャケットにタータンチェックのパンツを合わせた装いは、背が高くスタイルもよくないと悪目立ちしてしまうだろう。

それを彼はしっかりと着こなしていた。……モデルの本領発揮だ。

何を着てもよく似合うなぁ、と羨ましくなる。

不意に、理人がニッと意味ありげに笑い、私に身体を寄せて囁いた。

「この役を無事に撮り終えられたのは、凪のおかげっていうところが一番大きいからな」

「……そ、それはどうも」

彼の言葉に思うところがあって、よそよそしい返事になってしまったかもしれない。

「理人、それに凪さんでしたっけ。ご出席ありがとう」

そこへ、与監督と宵月茗子がやってきた。

与監督が理人と私とを交互に見て、快活に声をかけてくれる。

「こちらこそ、お招きいただきましてありがとうございます」

「お久しぶりです、凪さん」

宵月さんがサラサラのストレートヘアをかき上げながら、にこやかに微笑んだ。

美人だからこそ、黒いノースリーブのワンピースにシルバーのピンヒールという、あっさりしつつも洗練されたファッションがよく似合っていた。

うう、宵月さんの近くにいると、自分が同じ人間なのかどうか自信がなくなってくる。

――この人たちって、やっぱり私とは別世界に住んでいる人たちなんだよなぁ。

私に向けてくれる笑顔が眩しい。佇まいも所作もキラキラしていて、華々しくて特別な存在。

理人だって同じ。

……何だか、私だけが異質なもののように感じて、ちょっと苦しい気持ちになる。

「凪？」

「えっ」

理人がちょっと困ったような表情で、私の顔を覗き込む。

「監督が、是非また撮影現場に遊びに来てくださいって」

「あっ、すみません。ぜ、是非！　またお邪魔させてください」

……いけない、違うことを考えていた。

「お待ちしてますね」

あたふたして答えると、監督は私の失礼をあまり気に留めていないようで、快くそう言ってくれた。

「――きっとそう遠くないうちに、また理人を現場に呼ぶことになると思うのでね」

「え、それって次の作品にも呼んでもらえるって思っててていいんですよね？」

「理人が本気で映像の世界で生きていく気があるなら、いつだって呼んでやるさ」

「俺、今バッチリ聞きましたからね。男に二言はナシですよ」

与監督が理人を可愛がってくれているのは、そのやり取りからよくわかる。

理人はコツコツ一生懸命頑張って結果を出すタイプだから、撮影中もきっと、必死で努力を重ねたのだろう。だから監督も、彼のその努力を買ったのだと思う。だからこそ、この短期間にして確かな信頼関係を構築できたのだ。

「理人くんだけじゃなくて、わたしのことも呼んでくださいね、監督」

理人の言葉に便乗するみたいに、宵月さんが言い、また和(なご)やかな雰囲気が流れる。

ただ私の心の内だけが、ざわついていた。

理人が私と結婚してほしいと言ったのは、この映画の主人公という大役の役作りのため。

ということは、この映画の撮影が終わった今、私が奥さんである必要性はなくなったはず。

何となくは予感していたけれど、今急にその現実が足音を立てて迫っていることを実感したのだ。

今の理人との生活が終わってしまうことを、私は素直に受け入れられるだろうか？

彼との日々を忘れ、今まで通りにひとりで暮らしていくことができるのだろうか？

いや――でも。

不安を覚えると同時に、相反した思考が脳裏(のうり)に浮かぶ。

私だって最初は形だけの夫婦生活に戸惑っていたけど、今は違った印象を抱いているのだ。ならば、理人の気持ちだって変化していてもおかしくない。

私と生活をともにしているうちに、だんだん居心地がよくなって……離れるのが惜しくなった、と感じている可能性だってある。

「理人、そろそろ主演のお前の挨拶(あいさつ)の時間だ。壇上に行ってこい」

「はい」

監督に促(うなが)され、理人はパーティー会場内のステージへ歩いていく。

私は、遠ざかるその背中を視線で追いかけていた。

◇◆◇

クランクアップパーティーから数日後のある夜。

めずらしく残業して帰宅した私が携帯を見ると、新着メッセージが届いたという表示があった。

荷物を置き、何はともあれ、缶ビールのプルトップを開けて一口飲む。

ビールの炭酸が、残業の疲弊感を流してくれるようだった。

片手にビールを持ったままソファに移動して、テーブルの上に置く。そして、ソファに腰をかけ、メッセージアプリを開いた。

この時間だと、理人からの連絡だろうか。帰りの時間が遅くなる——みたいな?

今日は今度出る映画の番宣の収録をするとかで、一日がかりの仕事になると聞いている。

最近の理人は、来季の連続ドラマにも配役されたりして、以前よりも忙しくしていた。与監督の映画に出演した効果か、テレビドラマは経験がないにもかかわらず、いきなり三番手という大役に抜擢されたらしい。帰りが遅い日や、撮影で夜いない日も増えている。

「百合ちゃんだ」

開封をして、内容に目を通す。

『急に連絡してごめんね。もう知ってるかもしれないけど、心配なので一応念のために言っておこうと思って、送ります』

「心配……？」

黒い影のような不安が過る。

私は緊張しながら先を読み進めた。

『もちろん本当かどうかなんてわからないことだし、私も信じてはいないけれど、他の誰かから知らされて凪がショック受けたりしたらって思ったら……早く伝えなきゃいけないと思って』

百合ちゃんのメッセージには、絵文字もスタンプも使われていない。文章も、この内容が真剣に背筋を伸ばして読むものであるということを示しているように感じた。

『理人くんに関して、インターネットにこんなゴシップが上がっていました。下のＵＲＬから記事を読んでみてほしいの』

「…………！」

文面の一番最後に、ニュースサイトへのリンクが貼ってある。

私は引き寄せられるようにそれをタップして、ページを開く。

目に飛び込んできたのは、ショッキングなタイトルの記事だった。

『人気モデル浅野理人、若手実力派女優の宵月茗子と夜デート！』

「何、これ」

思わず言葉がこぼれる。

記事には、ふたりが夜の公園で、ベンチに腰かけ楽しそうに談笑する写真が収められていた。

写っているのはタイトルに書かれている通り、理人と宵月さん。写真を見る限りでは、本人たちに間違いない。

理人が、宵月さんとデートしていた……？

彼から、彼女とふたりで会ったなんて話は聞いたことがなかった。

私は携帯を持ったまま、脱力したようにソファに身体を横たえる。

恐れていた現実が、ついにやってきたのだ。

理人が、私の知らないところで宵月さんとデートしていた。

私は、彼女の姿を瞼の裏に思い浮かべる。

宵月茗子――映画のヒロイン。理人演じる主人公が、彼女に恋をすることで、物語が展開していく。

信じられない、信じたくないと、真実に耳を塞ぐ自分がいる一方で、無理もないよなぁ、と思う自分もいた。

私だって、自分が男だとして、宵月さんに言い寄られたら絶対に靡いてしまう自信がある――たとえ、そのとき別にパートナーがいたとしても。

私は百合ちゃんに、お礼とともに記事を読んでみる旨の返信をした。そして寝ころんだまま、さっき開いたゴシップのページに再度目を通す。

この写真が撮られたのは先週の夜らしい。おそらく、理人が自分の役のシーンをすべて撮り終えた日だろう。何時に終わるかわからないからと言って、家に帰ってこなかった日があった。

あの夜、撮影を終えた後に、宵月さんと一緒にいたというのだろうか。

「浅野と宵月は来年公開予定の与監督の最新映画で共演しており、映画の撮影スタッフの話でも、ふたりは非常に仲が良く、親密な関係に発展したのではと噂されていた」

記事を口のなかで読み上げながら、思い当たる節があることに気付く。

理人は宵月さんを『めいちゃん』と呼んでいた。宵月さんは理人を『理人くん』と。

コミュニケーションを大切にする仕事だからと、深く考えたことはなかったけれど……もしかして、私は既にそのサインを受け取っていたのかもしれない。

「また、浅野と宵月の出演映画には、ふたりのキスシーンがある、との情報もあり、役を通じて恋愛感情に移行したということであれば、今後も目が離せない——」

液晶画面に浮かぶカタカナ五文字を食い入るように見つめる。

キスシーン？　そんなの、初めて聞いた。

撮影現場へは、理人が初めて呼んでくれたとき以来何度か行かせてもらっているけれど、そういったシーンがあることは話題に出なかった。

恋愛要素のある展開であれば自然な流れなのに。理人が敢えて隠していた？　なぜ？

考えてみて、すぐに答えが浮かぶ。

……宵月さんとのキスが、理人にとって後ろめたいものだったから。

私という奥さんがいながら、他の女性と、仕事と割り切れない思いを抱えたキスをしたからに違いない。

理人は私を裏切ったのだろうか。

いや、そうじゃない。

私はいつの間にか、盛大な思い違いをしている。

よく思い出して、私。理人が私を奥さんにしたいと頼んできたのは、そういうことを頼める手近な女友達が他にいなかったからだ。

私と理人の間に介在しているのは友情で、愛情じゃない。私と理人を繋ぐのは、恋愛感情なんかじゃないのだ。

私は、そのことをわかっているつもりで——すっかり忘れていた。

理人が役作りのために夫婦の行動を追い求めるなかで、私は、彼との距離が縮まった感覚をもちすぎてしまったのだ。

でも彼にとってそれは、私——吉森凪との出来事じゃない。彼の奥さんとの出来事だ。

今回はたまたま、その奥さんの役が私だっただけ。同じような間柄の女性がいれば、必ずしも私じゃなくてよかったはず。

そのことに気が付いてしまうと——どうしてか視界がぼやけてきた。

鼻の奥をきゅうっと抓られているみたいな感じになる。

目から溢れたものがこめかみに伝う感触で、あぁ、私は泣いているんだ、と知った。

以前から恐れていた、この生活の終わりが来たこと。

理人と宵月さんが恋愛関係にあるかもしれないこと。

そして、私が理人に愛されていないということ――

そのすべてが悲しくて、ショックだった。

『監督やスタッフのみんなにも、凪が奥さんだって紹介したし。お互いの両親にも、結婚しますって宣言したしな？』

『俺の本当にいいところは、凪だけに知っててほしい――凪は俺の奥さんなんだしな』

彼の言葉が頭のなかに浮かんでは消えていく。

そんな言葉をかけられて、嬉しかった。そして、彼がリアリティを追求するから、いつの間にか私はそれが真実だと錯覚してしまったんだ。

私と理人には、夫婦が一番持っているべきものが存在していなかった。

お互いに対する愛情。ほぼすべての夫婦に存在する、夫婦たる理由になるものが――

「うっ……あぁっ……」

喪失感とともに、嗚咽(おえつ)がこぼれる。

何て空(むな)しいんだろう。愛情のない、この関係は――

この関係が夫婦などではないと気付いてしまうと、途端に今の生活から逃げ出したくなった。

目的を果たした理人は遅かれ早かれ、私に契約の終わりを告げるだろう。

彼の口から直接、もう私は必要ないという言葉を聞く勇気はなかった。

ただでさえこんなに辛(つら)いのに、この数ヶ月のことは忘れてほしいだなんて言われたら……耐えられる気がしない。

だって私は――理人のことを好きになっていた。まるで彼が本当の旦那さんであるように、愛してしまっていたのだから。

ちょうどそのとき、玄関のほうから鍵が開く音が聞こえた。

理人が帰ってきたのだ。私は急いで涙を拭くと、何事もなかったかのようにソファに座り、携帯を弄(いじ)っているフリをする。

「ただいま」

「おかえり」

涙声にならないか心配だったけれど、こういう肝心な場面では、案外平然としていられるもののようだ。

「――番組収録お疲れ様。疲れたでしょ」

「慣れない仕事だからな、そうかも」

あくまでも自然に言葉を投げると、理人からも同じ調子で返ってくる。

「凪、またビール飲んでるんだ」

リビングに入ってきた彼が、ローテーブルの上の缶ビールを見つけて、笑いまじりに言う。

「あ……うん」

飲んでいたことすら、もう忘れていた。缶は時間の経過を示すように、水滴でびしょびしょになっている。

「俺も飲もうかな。見てたら、飲みたくなってきた」

収録が上手くいったのだろうか。理人はご機嫌な様子だった。

冷蔵庫から私と同じ銀のラベルの缶ビールを一本取ってくると、私のとなりに座る。

「乾杯するか」

「ん」

顔を見られて、おそらく赤くなっているだろう目について突っ込まれるかと思ったけれど、意外にそんなことはなかった。

私は缶ビールを持ち上げ、理人のそれと軽く合わせる。

そして、理人がそうしたように、ビールの飲み口を傾けて、中身を嚥下する。

もうすっかり温くなってしまった私のビールは、全然美味しくなかった。

……いつもなら、安らぎを感じる時間。理人とふたりでいると、その高揚感にドキドキしつつも、心がじんわりと温かくなってリラックスできるはずだった。

「ビール、美味いな」

「……うん」

美味しくなんかない、と思いつつも、私はただ、彼の言葉を肯定した。

「理人」

「うん？」

「明日は朝、早いんだっけ」

「ああ。雑誌のインタビューが続けてある」

「そっか……じゃあ、今夜……くっついて寝ても、いい？」

私は缶ビールのラベルに視線を注（そそ）いだまま訊（たず）ねた。

いつもなら、こんなこと恥ずかしくて絶対に言えない。けれど、もうこの生活も残りわずかであるならば、彼の温もりを感じて眠りにつきたかったのだ。

「いいよ」

寸分の迷いもなく、快（こころよ）い返事が返ってくる。

――私はこの日、理人と身を寄せ合い、彼の体温とともに眠った。

そして翌朝。すでに理人は出かけていた。私は、いつも通り出社する。

ただ、ふたつ。いつもと違うことがあった。

ひとつは、自分の身の回りのものや数日分の着替えを詰めた、小さなトランクを持って行ったこと。そしてもうひとつは、ローテーブルの上に、彼への別れを告げる手紙と、大切にしていたエンゲージリングを置いていったことだ。

理人の傍（そば）にいたい。その願いが叶わずに、彼から別れを告げられるのであれば――いっそ、私のほうから離れたほうが、まだ傷が浅いような気がしたのだ。

もう、理人の家には帰らない。

そう決意をし、私は夜の街を彷徨（さまよ）うことにした。

◇
◆
◇

深夜営業の喫茶店やレストラン、インターネットカフェ、カプセルホテル。

安く夜を明かせる施設はいくつも存在したけれど、荷物を持って家を飛び出すなんて経験が初めてだった私は、この不安な気持ちを誰かに打ち明けたくて仕方がなかった。

仕事を終えた私は駅に向かいながら、衝動的に電話をかけた。

今、私の気持ちを打ち明けるとしたら——この番号以外、考えられなかった。

「はーい、もしもし」

いつもの甘ったるい声。その主は、杏だ。

「もしもし……私だけど」

「凪、どうしたの？」

「……杏、あの、私……」

杏の暢気な声を聞くと、妙にホッとする。そして、ちゃんと喋らなきゃと思えば思うほど、目の奥から熱いものが溢れてきた。

「凪？　泣いてるの？」

「杏……お願いがあるの。無理を言ってるってわかってるけど、一生のお願い」

私は、とめどなくこぼれる涙を携帯を持つのとは逆の手で拭いながら言った。

「今晩だけでいいから、泊めてほしいの」

「えっ!?　どうしたの!?」

混乱した口調の杏に、会ってから事情を話す旨を伝える。きっといろいろ問いただしたいだろうに、杏はとにかくおいでと、ＯＫを出してくれた。

千葉の西側に位置する杏と淳之介の家まで、電車で片道一時間と、徒歩十分。彼らが引っ越してから遊びに行くのは初めてだった。

「どうぞ、入って」

「お邪魔します……」

新築だという玄関の扉を開けると、飾り棚のスペースに、ふたりの写真が何枚も並べられていた。大学時代から始まり、最近のものまで。こだわりの強い杏の性格からか、丁寧にデコレーションされていて、見ているだけで幸せな気分になるスペースだ。

案内された部屋はリビング。ピンクのソファと白いローテーブルは、杏の趣味だ。ソファには、淳之介の姿がある。

「よお」

私の顔を見て、彼は軽く手を上げて挨拶(あいさつ)をした。

「ごめん淳之介、突然来たいなんて行って」

「いーって、水くさいこと言うなよ。凪のことだから、よっぽどの理由があってのことだろ。とりあえず、座れよ」

「……うん」

ソファに腰を下ろすと、杏がコーヒーを持ってきてくれる。

ブルー、ピンク、ホワイト。色違いの三つのマグを淳之介、杏、そして私の前に置いて、彼女はソファではなく、ローテーブルの奥にあるラグの上に座った。

「で、何があったの？」

杏が真剣な目で訊ねる。

「……私、理人と別れてきた」

私の告白に、杏も淳之介も言葉を失っていた。

「本当は、別れたくなかったけど、でも仕方ないの。もう私の役割は終わったから、これ以上一緒にいられないし」

「役割って……どういうこと？」

意味がわからないとばかりに首を傾げる杏を見て、気が付く。

――そうだ。私と理人が特別な理由で結婚したということを、ふたりは知らないんだった。

どうしよう、伝えてもいいのだろうか。

一瞬、迷いが生じたけれど、私はすぐにそれを振り払った。

もう全部終わったんだ。だから問題ない。

理人に好きな女性ができたのであれば、私が彼の奥さんである必要はないのだから。

杏が置いてくれた白いマグを手に取ると、その中身を一口飲んだ。そしてコーヒーで湿った唇をゆっくり開く。

「私と理人は……お互い好き合って結婚したわけじゃないの」

「えっ？」

杏と淳之介の声がユニゾンする。私は肯定の意を示すように目を伏せて続けた。

「こんなこと、きちんと恋愛をして婚約まで辿り着いたふたりに言ったら、軽蔑されちゃいそうだけど……実はね」

私は、杏と淳之介に、私達の結婚が、彼の役作りのためであったことを伝えた。さらには、結婚したフリをしていただけであって、法的には夫婦ではないということも。

最初の内は半信半疑といった態度で聞いていたふたりだったけれど、私に冗談を言っているようなそぶりが見えないことで、信用してくれたみたいだ。

「で、つまり……映画も無事クランクアップしたし、ゴシップニュースで共演した女優とのデートがキャッチされてたから、もう自分は用ずみなんじゃないかと思った……ってわけだよな」

「……うん。もともと夫婦のリアリティを追求したいってところから同棲し始めたわけで、撮影中に魅力的な人が現れればそっちに気持ちが傾くのはわかる。……ただ、私が本気になってしまったっていうのだけが、彼にとって誤算だと思う。私も、そんなこと思ってもみなかったし」

「いや、理人のゴシップとかの前に、その……まず理人と凪の結婚がそういう理由だったってことが何よりの驚きだけどな……」

淳之介が深いため息をついて、コーヒーを一口啜った。

無理もない。私も逆の立場なら目を剥いて驚くはずだ。

一番は事実そのものに。そして次に、役作りのためとはいえ、周囲に結婚宣言までしたという徹底具合に。

「ごめんね。杏と淳之介――それに百合ちゃんやコジにも祝福してもらったけど、本当はこういう事情だったの」

「いや、別に謝らなくてもいいけど……なぁ、杏？」

困惑した淳之介が杏に振る。杏が、妙に神妙な面持ちで私を見つめた。

「凪、それちゃんと理人に確かめた？」

「……え」

「理人が他の女優さんのことが好きだなんて、何かの間違いだと思う。本人に確かめたほうがいいよ」

杏が、それが真実であると断言するように言う。

「……でも、理人が誰を好きでも、私に確認する資格なんてないよ。言ったでしょ、私は理人の本当の奥さんじゃないんだから」

「そんなことないよ」

「……杏？」

杏は私の言葉をキッパリと否定した。

「どうして杏にそれがわかるの？」

非難したわけではなく、純粋な疑問として訊ねる。

「それは——」

「おい、杏。勝手に言ったらマズいんじゃないか？」

杏が何か言いかけたところで、淳之介が制止した。

「いいよ、こんなことでふたりの仲が拗れるほうがよっぽどマズいでしょ。わたしが全部責任持つから」

何の話かはわからないけれど、どうやら淳之介と杏の間で、意見が割れているようだ。

淳之介がやや慌てたように杏を制するが、彼女はふんとそっぽを向いて聞こうとしない。

結局、杏が押し切る形になり、彼女は体育座りのような姿勢のまま、身体ごと私に向いた。

「凪、よく聞いてね。理人が同じ映画に出てる女優さんのことを好きになったんじゃないかって話、それは絶対、そんなことないから。どうしてかわかる？」

杏は私を試すように、おもむろに訊ねた。

「……わからない」

「それはね、理人には何年も前からだーい好きな人がいるからだよ」

「えっ！」

ちょっと待って——。理人に好きな人がいた？

彼の恋愛話をまったく聞いたことがなかった身としては、寝耳に水だった。

「しかも、その好きな人っていうのは……」

「こら、杏！　それはお前が伝えるべき言葉じゃないだろ」

「え〜」

淳之介が強い口調で叱りつけると、杏は拗ねたみたいに残念そうな声をもらした。

「悪い、凪。俺たちが言えるのはここまで。……とにかく、一度理人と話してみろよ」

「……でも」

「心配しなくても、理人は共演したからって、その相手役の女優に走ったりなんかしないって」

「そうだよー、じゃなきゃコジや淳之介にまで、『絶対手を出すな！』なんて釘刺したりしないよ。そのくせ、自分からはオトしに行かないなんて」

「だから杏、余計なこと言うなって」

困ったような淳之介に対して、なぜか杏は楽しそうにキャッキャッと笑っている。

ふたりの話していることはわからないけれど——そこまで言うのなら、一度くらいは顔を合わせて話してみてもいいのかもしれない。

すると私の気持ちを読んだみたいに、コートのポケットに入れていた携帯が震えた。

液晶画面は、理人からの着信を告げている。

「も、もしもしっ……」

画面をタップして、通話モードにする。と——

「凪、お前今どこにいるんだよ！」

「ひっ」

いきなり理人の怒声が聞こえてきた。その音量の大きさに、横にいる杏と淳之介が顔を顰める。

「帰宅したら変な置き手紙置いてあるし。お前は家のどこにもいないし、一体何やってんだよ」

「ご……ごめん、なさい」

「で、今どこにいるんだ？」

「えっと、杏と淳之介の家」

「淳之介、車もってたよな。送ってもらって、帰ってこい」

「えっ……で、でも――」

夜に無理やり家に上がり込んでおきながら、さらに家まで送ってほしいなんて、そんな図々しいこと頼めるわけがない。

困って杏を見ると、彼女が人差し指と親指で輪を作り、ＯＫのサインを示した。

「杏、いいの？」

「いいよ～。この時間だと、女子ひとりじゃ危ないから。というか、理人も心配しちゃうでしょ」

言いながら、杏がキャラクターものの可愛い壁掛け時計で、現在の時間を示してみせる。

時刻は午後十時過ぎ。私ひとりで全然行動できる時間だけれど、杏が言うように、理人はそれを望まないだろう。

「わ、わかった。今から……送ってもらって、帰ります」

「ん」

理人は短く返事をして、通話を切った。

「何か、結構怒ってたかも……」

電話越しでも彼の苛立ちが伝わってきた。

「大丈夫、大丈夫。怒ってたわけじゃないってー。理人は気を揉んでただけでしょ～」

私の心配をよそに、杏が明るく慰めてくれる。

「だといいんだけど……」

「ほらー、理人っていじょーに心配性なところがあるじゃない？　だから凪だって迷惑被って、学生時代からずっと――もがが」

杏がおかしそうに何かを語ろうとしたところで、またもや淳之介が後ろから彼女の口を塞いだ。

「凪、早く帰らないと、理人が心配するから。……駐車場行こう」

「う、うん、ありがとう淳之介」

こうして私は、淳之介の運転する車で、理人の待つ自宅へと向かった。


玄関先で待っていた理人と一緒に、送ってくれた杏と淳之介にお礼を言う。そして、彼女たちをエレベーターホールまで見送った。

ふたりきりになって部屋に戻り、コートやバッグを片付けたりしていると……さっきまで友人たちに笑顔を見せていた理人は、ちょっとイライラした表情で、リビングのソファに足を組んで座っていた。

……どうしよう。黙って出て行ったことを怒っているんだろうか。

やっぱり、ここはもう一度……きちんと謝らないといけないよね。

「理人……あの、あのね」

彼の顔を真正面から見て謝ろう——そう決めて、彼の前に立つ。

すると、理人が突然立ち上がって、私をきつく抱きしめた。

「……あんまり心配させるな」

少し弱々しく感じる理人の声が、耳元で響く。

「家に帰って、置き手紙と指輪があって……。トランクもなくなってて。心臓が止まるかと思った」

「ご、ごめんなさい……こうでもしないと、私、理人のこと諦められない気がして」

目を閉じて、私も彼の背に手を回す。ふわりと鼻孔をくすぐる彼の香りが心地いい。

理人の腕が、胸が、背中が——こんなにも温かい。

「諦める?」

「もう理人の傍にいちゃいけないって思ったから」

「バカ、そんなわけないだろ」

彼は噴き出すようにして笑いながら、私の額に自身のそれをくっつけた。

「だ、だめだよ理人」

私は彼の胸を軽く押して、逃れるようにそっぽを向く。

「凪?」

「だ……だって、理人には前から好きな人がいるんでしょ？　……杏から聞いた」

そんな風に優しくされると勘違いしてしまうのに。

理人の一番近くにいていいのは自分だと……錯覚してしまうのに。

恐る恐る彼の反応を見る。彼は、やはり笑みを浮かべていた。

「いるよ。ずっと好きだった人」

「……そう、だよね」

やっぱりそうだ。理人にはずっと想い続けてた人がいたんだ。

「俺の話、最後までちゃんと聞けよ」

理人は、落ち込む私の顔をこちらに向けると、両頬をむにっと摘みながら言った。

「好きだった人を――凪を手に入れることができた。お前を手放すなんて、考えられない」

「……理人？」

好きだった人？　……私、を？

「ずっと好きだった。凪、お前のことが」

「えっ、えええええっ⁉」

予想外の答えすぎて、絶叫してしまう。

「こら、近所迷惑」

理人が身体を離して、耳を塞ぐような仕草をした。

「だ、だって、理人が驚かすからっ……」

「驚かしてるわけじゃない。事実を伝えてるんだ。大学時代からずっと、凪のことが好きだった。もちろん、今も」

「でも、今までそんなこと一言も言ってなかったし！」

もしそうなら、打ち明けてくれてもよかったのではないだろうか。

言葉では言えないような——あんなことやこんなことまでしておいて、肝心の想いを伝えない、なんて選択肢があるのだろうか？

「嘘だと思うなら、杏や淳之介に聞いてみたらいい。あいつらは昔から知ってるから」

「…………」

ふたりのさっきの態度の理由が、ここでようやくわかった気がした。

そう、なんだ。

え、どうしよう……。頭では理解したけど、まだ心がついていかない。

理人とはお互いに異性としての感情はない、という認識だったから、本当にビックリだ。

つまり彼は、私と同棲を始める前から——私が思うよりも、もっとずっと昔から、私のことを見ていてくれたと、そういうことなのだろうか。

理人は私をほしいと願ってくれていた。……私がそれを知らない間も、ずっと。

「長かったよ。絶対にお前を取られないようにするために、俺がどれだけ手を尽くしたか、わかるか？」

理人が私の両肩にそっと触れる。

「え？　……あ」

杏と淳之介のやり取りが脳裏を過った。聞いたときは、意味がわからなかったけれど――

「もしかして、淳之介やコジに、私に手を出すなって言った……？」

私の勘は正しかったようだ。理人は肯定の意を示すように微かに頷く。

「そんなのまだ序の口だ。凪、お前が学生時代から今に至るまでフラれ続けたのはな、全部俺のせいなんだよ」

「はぁっ!?」

超ド真面目な顔で何を言うかと思ったら――え、え？

「お前に近づきそうな男がいたら、そいつのところに行って、『俺と競って勝ち目があると思うか？』って訊いてやるんだ。そうすると、大抵の男は逃げていく。自信がないんだろうな」

「………」

「たまに諦めの悪いヤツがいるけど、そういうときは既に俺とお前がデキてるってことにして、あることないこと吹き込んでやると、最終的に去って行くって感じだった」

な……な、何言ってんの、理人ってば!?

私の今までの男運のなさは、理人のせいだったたっていうの!?

「もっと言うと――この結婚して演技の幅を広げろって監督に言われた話も嘘。まあ、結婚した男の気持ちを知るには結婚するのが一番だという話にはなったけど、それだけ。監督の指示って言えば、凪が協力してくれるんじゃないかと思って利用させてもらったんだ……まさか、こんなにすんなりことが運ぶとは思わなかったけど」

脳天に稲妻が落ちたみたいな衝撃が、私を貫いた。

何ということだろう。そもそも仮の夫婦の契約を結ばされたことさえも、理人の目論見だったというのか。

「じゃ、じゃあ……最近付き合ってた彼氏も……」

「そう。八月に一緒に飲んだときに、凪が彼氏できたってはしゃいでたから……お前がトイレ行ってる間に、メッセージアプリを見て、ＩＤを控えたんだ。で、実は俺が凪の彼氏ですって名乗ったら、素直に引き下がるようなこと言ってきたから。上手くいって本当によかった」

いやいや。上手くいったとかじゃないから。しかも私が失恋してるのに、よかったって何。

さっき、杏と淳之介の家を出る前に、杏が言おうとしていたことはこれだったのだと確信する。

正直、心配性の域を超えていると思うのだけど……

「杏がセッティングしてくれた飲み会がドタキャンになったのも？」

「いや、それだけは俺じゃない。杏の仕業だ」

「杏が？」

意外な答えに、思わず訊き返してしまう。理人は頷いて言った。

「九月の飲み会のとき、杏が凪に男を紹介するって盛り上がってただろ。それが内心面白くなくて。だけどまぁ、どうにかしてまた邪魔してやればいいかくらいに思ってたら、杏が帰りに詰め寄ってきたんだよ。『いつまで凪への気持ちを黙ってるつもりなの』って」

理人はやれやれという風に肩を竦めた。

「杏は、俺が凪に気持ちを伝えることを望んでたんだよな。何年もダラダラ時間かけすぎだって。で、セッティングした男がドタキャンしたことにして、その空いた予定に俺が入ればふたりきりになれるから、頑張れって」

「……そういうことだったんだ」

私と理人を繋ぐために、杏も一役買ってくれていたんだ。

「私ね、白状すると……夫婦のフリをするって話を持ちかけられたときは、理人のこと、本当に仲のいい友達だと思ってた。今まで意識したことなんて全然ないし、性別を超えた存在だと思ってた」

「知ってる」

理人はくっくっと喉を鳴らしながら笑った。

「だからさ、最初に気持ちを伝えたところで玉砕確実だろ。それなら、一緒に住むうちに、少しずつ俺に靡くようにすればいいかなと思って――しばらくは仮の夫婦っていう、曖昧だけど特別な関係でいることにしたんだ」

「じゃあ私は、見事その思惑にハマっちゃったわけだね」

一緒に暮らすうちに、理人のことを男性として意識するようになって……気が付いたら、好きになっていた。

「でも、理人のことが好きって気付いてからは不安だったんだよ。周りには夫婦って伝えてても、婚姻届も出してないから、書類上では他人なわけだし」

「そのことなんだけど、凪。言い忘れてたことがあって」

「……？」

何だろう。理人のにこやかな笑顔が妙に……恐ろしい。

「婚姻届、もう出してあるから」

「ええっ⁉」

「しかも、書いた日の翌日に。だから俺たち、仮でも何でもない、ただの夫婦だよ。最初からずっと」

「…………」

なんだかどっと疲れて、私はその場にへたりこんだ。

なら、最初から悩む必要なんてこれっぽっちもなかったってことか。

同棲を始めたときから、私と理人は、対外的にも法的にも、夫婦だったのだ。

「大丈夫か？」

理人が私を抱き上げ、起こしてくれる。

「あ、ありがと」

ちょっと驚くことが多かったけど――でも、不思議と不快感は生じなかった。

傍（はた）から見ると、理人の数々の行動はドン引きなんだろうけれど……でも私は、恋愛感情のない学生のころでさえ、彼と離れたくても離れることができなかったのだ。ならば、そこまで想ってくれていたことを素直に受け入れればいい。

どこか嬉しくなって、愛しさがこみ上げる。今度は私が、彼の首元に抱きついた。

「凪？」

「そんなに私のこと、好きでいてくれたなんて……嬉しいよ、理人。大好き」

やっと本人に言うことができた。彼が想っていてくれた期間よりはずっと短いけれど、でも、これが今の私の確かな気持ち。

「凪、俺も好きだよ」

心地よい言葉が、耳を撫でる。さっきは驚きのあまり噛みしめることができなかった、理人の気持ちがこもった言葉。

「凪は俺のことを、ひとりの人間として見てくれてる。だから凪の前では素の自分でいられる。一緒にいると心地いいんだ」

「理人……」

「前に俺の顔が好きだっていうファンの子に向かって、ガツンと言ってくれたことがあっただろ。あれを聞いたとき、凪を奥さんに選んでよかったって心底思った。凪となら、これからもずっと、一緒に歩いて行けそうだなって」

「……うん、そうだね」

私もそう。

理人となら――理人と一緒にいる今のこの気持ちなら、これから先何があっても、立ち向かっていける気がする。

「今さらだけど——もうずっと、俺の奥さんだったけど。もう一回言わせてほしい。凪、俺と結婚しよう」

「……はい」

プロポーズよりも結婚生活のほうが先だったなんて、おかしな話だけど。でも、改めてこんな風に言葉で誓いを立てられるのも、悪くはなかった。

まるで結婚式の新郎新婦のように——私たちは、そっと口付けを交わした。

お互いの気持ちがひとつであることを知ると、身体も同じようにひとつになりたいと思うのかもしれない。

「凪、好きだよ——凪の全部がほしい」

「私もっ……理人がほしいっ……」

ベッドの上に押し倒されて、衣服を一枚ずつはぎ取られる。

いつもの理人なら、私の羞恥を煽るために時間をかけたりするのだけれど、今日はその余裕はないみたいだった。

私もそうだ。今すぐ、理人がほしい。理人と、ひとつになりたい。

頬に、首筋に、唇に、キスの雨が降る。愛おしいと思う相手とのキスは、何度繰り返しても飽きることがない。何回でも、何十回でも、新鮮な気持ちで交わすことができると思った。

下着を取り払い、私の全身が露わになる。彼が、胸の膨らみを手のひらで押し上げるみたいにして捏ねてくる。

「んっ……ふ、うっ……」

時折指先が胸の先端を掠めるのが刺激的で、私はつい声をもらしてしまった。

「もっと乳首、触ってほしいんだろ？」

何度も身体を重ね合っているから、彼には私の反応の意図するところが手に取るようにわかるのだろう。

硬く隆起しつつある先端を手のひらで擦るみたいにして胸を揉みこまれると、ぴりぴりとした快感が走るのを感じた。

「はぁっ、ねえ、理人……」

「うん？」

「今日は、私が理人を感じさせたい……だめかな？」

思えばベッドでは、いつも彼がイニシアチブをとっていたように思う。

それが嫌だとかだめとかではない。ただ、普段の私がそうであるように、今日は彼にも思い切り欲望を解放してほしいと思ったのだ。

手っ取り早く言えば、私の愛撫で気持ちよくなってほしかった。

理人は一瞬目を瞠って驚いた表情をしたけれど、すぐに微笑みを浮かべた。

「だめじゃない。凪が、してくれるなら」

「うん……じゃあ、脱がせちゃうね」

彼を横たえて、身に着けているグレーのスラックスを脱がせる。黒のシンプルなボクサーパンツが現れた。これは確か、理人がモデルを務めるブランドのものだったはず。

理人の下着姿をこんなにじっくり見る機会は、これまであまりなかった。鍛えた身体に締め色の黒がとてもマッチしていて、見惚れてしまう。

「すごい……もうこんなに大きくなってるよ？」

ボクサーパンツの前は、もう彼自身の形がわかるくらいに膨らんでいた。

それだけ私のことをほしいと思っているということなのだろうか。生地を押し上げる彼自身の力強さに、身体の中心が疼いてしまう。

「凪、下着越しでいいから、触って」

理人は少し焦れたようにそう要求した。見られているだけでは我慢できないのだろう。

「ん、わかった……」

生地の上からそっと、手のひら全体を使って撫でてみる。

「っ……」

仰向けの体勢の理人が、快感からかびくんと身体を震わせた。

私が触ったことで、昂ってくれている。

……もっと、もっと気持ちよくなってほしい。私の手で、もっと気持ちよさそうにしている彼の顔が見たい。

今度は、彼の形を指先で辿り、撫でるよりも少し強く——擦るみたいにして、上下に動かしてみる。

彼自身はどんどん熱を帯び、興奮の度合いに比例するかのように、上へ上へと反り上がっていった。生地を押し上げるどころか、ウエストに隙間ができてしまうのではと思うくらいにまでなっている。

「理人、気持ちいい？」

「っ、気持ちいい……」

女性に攻められている表情でも美しいなんて、理人はつくづくイケメンなんだなぁ、と思う。彼のこんな表情を見たいと願う女性はたくさんいるはずだ。

でも、世界中でそれを見られるのは、パートナーである私だけ——妻である私だけなのだと思うと、背中にゾクゾクとしたものが走った。

「そろそろ……直接、触っちゃうね……」

ボクサーパンツのウエスト部分をずり下げると、理人のものがぶるんと勢いよく顔を出した。よく見れば、先端には透明な液体が滲んでいる。彼が、私の愛撫に感じていた証拠だ。

独特の熱気と匂いにクラクラしながら、私は指先で先端をツンと突いた。

「っ……」

ひくん、と先っぽが痙攣し、先端にあった液体と指先が、銀色の糸で繋がった。

「理人、こんなに糸引いてるよ」

いつものおかえしとばかりに言葉で煽ってみるけれど、彼は恥ずかしがったりはせず、快感に呻きながら頷くだけだった。

張り詰めた塊を、今度は手のひらでそっと握りこんでみる。

根元から先端にかけて、ゆっくりと指先を滑らせるようにして。

——これが、いつも私の膣内をかき回してくれているものだ。

膣内で感じる質感とはまったく違う。熱を帯びつつも乾いた表面は、たとえようもない変わった感触だった。

女の人の粘膜とも違うし——やっぱり、男の人独特の感触だよね……

指先に付いた彼の先走りを彼自身に塗りつけながら、ゆっくり、ゆっくりと扱いていく。

「凪、気持ちいいっ……」

段々と、呼吸が荒くなっていく理人。強い快感を覚えているのだろう。

でも、手だけでは与える快感に限界がある。

やっぱり、男の人を悦ばせるには……こうするしかないか——

私は扱いていた手で根元の部分を押さえると、ベッドの上に四つん這いになった。そして姿勢を低くして、彼自身にキスをする。

ちゅっ、ちゅっ、と何度かリップ音を繰り返し、自らの唾液を塗すようにして、舌先でちろちろと先端を撫でた。

「はぁっ……くっ……」

口でされるのは、手でやるのとは違うのだろうか。理人の反応が、さっきよりもずっとよくなったように感じる。

「やっぱり、舐めると気持ちいい？」

私が訊ねると、理人が頷いた。

指とは違うねっとりとした感触が、より強い快楽を運んでくるのだろうか。

最初は先端を舐めるだけに留まっていたけれど、私はだんだんその下のくびれた部分や、幹の部分にまで舌を下ろしていった。そこも丁寧に舐めていく。

舌の表面を押しつけたときに、理人が息を呑むような反応をしたので、それを何度か繰り返してみる。

……なるほど、表面の凹凸が粘膜と擦れて気持ちいいんだ。

それなら――と、なるべく表面の部分が多く触れるように、下から上に舌を動かしてみる。

私の勘は当たったようで、理人は足の先に力を入れながら、快感に身悶えていた。

こんな大胆な気持ちになってしまうのはなぜだろう。普段なら恥ずかしくて躊躇してしまうことが、今なら何でもできそうだ。

「口のなかで……動かしてみて」

「うん、わかった……」

彼自身に手を添えて大きく口を開け、それをぱくんと口に含む。

大きく張りつめたそれに歯が当たってしまわないように気を付けながら、唇を使って前後に扱く。

――ん、何だかしょっぱい。彼の先端から溢れた先走りのせいだろうか。

でも、全然嫌じゃなかった。彼の身体から溢れたものに嫌悪感なんてあるはずがない。

「何だか、凪にやられっぱなしだな」

「たまにはそういうのもいいじゃない」

鈴口の部分を舌で掬うように舐めながら、小さく笑う。と、

「だーめ。俺もしたい」

「きゃっ!?」

彼は下肢を攻める私の腰を掴むと、その手を両の太腿にスライドした。そしてうつ伏せ状態の私の身体を、強引に彼の上に乗せてしまう。

つまり、どういう体勢なのかというと、私は彼のお腹の上で彼自身を唇で愛撫しつつ、彼の顔の前には下着を取り払った私の秘部がある、というわけで――

「凪のことも、気持ちよくしてやるよ……」

「ぁああっ！」

何も覆うものがなくなった場所を、無遠慮に唇や舌で探られる。

彼への愛撫に夢中になっていたせいで、快感に対して無防備になっていたそこは、少しの刺激でも強い反応を示した。

「ひくひくしてる。凪のここ、もっとしてって言ってるみたいだな」

「やぁ、んんっ……！」

舌先で抉るように秘裂を突き、敏感な突起を掬い上げるようにして舐められた。

「だめ、それ——気持ちいいのっ……！」

「だから気持ちよくしてるんだよ。ほら、俺のもちゃんと舐めて」

自分に施される快感に意識が傾くと、そちらに集中してしまって、彼への愛撫がおろそかになってしまう。

そうならないように、と積極的に彼のものを口に含んで、舌先で幹を刺激しながら扱いてみようと思うのだけど、下肢に与えられる悦びが大きすぎて、なかなか没頭できない。

「だめ、気持ちよくてっ……理人の、舐められないっ……」

「じゃあ、このまま凪のこと、イかせちゃってもいい？」

「あっ……！」

私が音を上げると、彼はそれが好機とばかりに愛撫の勢いを強めてきた。

膣内を舌で弄られたがゆえに溢れ出てきた蜜を啜りながら、理人は敏感な突起を舌先で執拗に攻める。

今日は私が理人を気持ちよくするって言ったのに、結局、私が気持ちよくされちゃってるっ……

「凪、ここ真っ赤に腫れてる。舌で擦られると気持ちいいだろ？」

「はぁっ、気持ちいいっ——でもだめっ……そんなにしたら、意識、とんじゃうっ……！」

「どうして？　目一杯気持ちよくなればいいのに」

「私だけ気持ちよくなるんじゃだめなのっ、理人も一緒じゃなきゃ……」

「っ、可愛いこと言うじゃん」

理人はそう言うと、唇で秘芽を挟むようにして捉えた。

「——じゃあ、少し待ってな。凪のこと、イかせるから。そしたら、一緒に気持ちよくなろうか」

そして、唇で挟んだ秘芽をきゅっと吸い上げる。びりびりと、激しい電流のような快感が、私の下肢を襲った。

「やぁ、そういうことじゃないのにっ……！」

——こんなの卑怯だ。気持ちよくないわけがない。

もう、そそり立つ彼を愛撫する余裕なんてなかった。

敏感な場所を徹底的に刺激され、私は強制的に絶頂に導かれる。

「ぁああああっ……！」

背中の筋肉が緊張し、頭のなかが快楽一色に染まった。

気持ちいい。気持ちよすぎて、何も考えられない……！

私はしばらくの間、激しすぎる悦びの余韻に浸っていた。

「もう来て、理人……理人がほしい」

頭のてっぺんを切り裂くような絶頂感が過ぎたあと、私は理人とお互いの舌を絡め合うキスを交わし、彼の侵入を促した。

「挿れるよ、凪――」

「んんっ……！」

私の上に覆い被さっていた彼が、切っ先を私の入り口に当て、一気に貫く。

さっきたくさん秘芽を弄られたせいで、彼のものに擦られるだけで身体が快感に震えてしまう。

根元まで挿れられると、彼はしばらく私を見下ろしたまま静止していた。

「……どうしたの？」

私が訊ねると、理人は口元にだけ笑みを作って言った。

「いや、本当の夫婦として凪とこうしてるなんて……あんまり現実感がないな、と思って」

「私だってそうだよ」

私も、まさか本当の夫婦になって、理人とひとつになれるなんて――夢を見ているようだ。

「さっき訊き忘れたんだけど、ひとつ教えて」

「何？」

「宵月さんと写真撮られてたのはどうして？　夜の公園でデートしてたって」

そうだ、理人の気持ちを聞いたところで胸がいっぱいになって、忘れていた。

彼が宵月さんとそういう関係でないのなら、彼女との記事はどういうことになるのだろうか？

「あー、あの記事か……」

理人はちょっと困ったように眉を下げた。

「やっぱり、宵月さんと密会してたの？」

「そんなわけないだろ」

「あっ――急にっ……！」

私が追及すると、彼は怒ったように言い、突然抽送を開始した。

「んんっ、お願い、もっとゆっくりっ……！」

「嫌だねっ……俺のこと、そうやって疑ってるから、お仕置きっ……」

いつもは入り口を重点的に攻めてから、奥も攻めてくる――という彼が、今日はいきなり奥を激しく突いてきた。

「奥、気持ちいい？　いっぱい、何回もノックされると、またすぐイきそうになるんじゃないか？」

「ふぁあっ、んんっ……そうなのっ……そんなに奥ばっかりされるとっ……すぐに気持ちよくなってっ……！」

こういうときの理人の意地悪は、本当に容赦がない。

そんなに突かれては理性が飛んでしまうかもしれないとさえ思うのに、それを訴えたところで加減はしてくれないのだ。

「……俺は、めいちゃんの他人に言えない相談を聞いてただけだよ」

「そう、だんっ……？」

「ああ。……彼女の本命は俺じゃなくて、与監督だからな」

「ぁあっ！」

ストロークが短くなる。それまでよりも勢いをつけて、何度も何度も私の膣内を彼自身が擦り上げた。

「与監督とは年も離れてるし、奥さんもいるから——その気持ちをどうしたらいいかっていう相談に乗ってた。そこを、たまたま撮られたんだ」

「相談に……？」

「そう。事実無根だけど、所詮は三流のゴシップサイトの記事だし、映画の宣伝になればいいかな、と思って——事務所も放置したみたいだなっ……。俺も、ずっと、存在すら知らなかった」

「そ、うなん、だっ……」

頭のなかの大半を快楽に支配されながらも、私は安堵していた。

ふたりがあの場にいたのは、愛を囁き合うためじゃない。

宵月さんの秘めた悩みを理人に吐き出すため。ただそれだけだったんだ……

「じゃ、じゃあっ……キスシーンを黙ってたのは、どうしてっ……？」

「キスシーン？」

「宵月さんと、あるんでしょっ……映画のなかでっ」

私が呼吸を乱しながら、彼の顔を見上げて訊ねる。

すると彼は、汗ばんだ顔で私を見下ろして意地悪く笑った。

「もしかして、それ聞いて嫉妬した？」

「っ……！」

「図星だろ。キスなんかよりもずっといやらしいことしてるっていうのに」

理人は視線を下肢のほうへと向けながら、さらに続けた。

「凪のここ……俺のをしっかり咥え込んで、ひとつになってる。なのに、俺が他の女と仕事でキスするの、許せない？」

「そ、そんなこと……言われてもっ……」

わかってる。

彼は表現する仕事をしているのだから、許してあげないといけないってことくらい。

でも、そういうものだと理解していても、感情では割り切れないものだ。

キスをするのは、私とだけにしてほしい。

他の人となんて――しないでほしい。大好きな、私の旦那さんだから。

「じゃあ……宵月さんとするよりもっ、私と、もっと……すごいキス、してくれたら……許してあげる」

私の言葉に、理人が満足そうに頷く。

「ああ、やってやるよ。映画の公開、楽しみにまっとけ」

彼はそう言うと、私の膣内を往復する速度を、徐々に上げていった。

「あぁっ……かきまぜられるとっ、だめっ……！　もう、我慢できないのっ……！」

「いいよ、我慢しなくて――イッていいからっ！」

私の絶頂を促すみたいに、理人は私と深く唇を重ねてくる。

口腔を犯すような激しいキスは、私の頭のなかをとろとろに溶かして、何も考えられなくさせていく。

「ぁあああああっ……！」

身体の奥で何かがはじけたような感覚のあと、一番高いところへと上り詰める。私の膣内が激しく収縮し、痙攣した。

「っ……！」

同時に、彼も私の膣内で果ててしまう。

私は、大好きな夫と身体をひとつに繋げたまま、快感に浸る幸せを噛みしめた。

エピローグ

理人が主人公を演じた、『この街で、僕たちは出会った』の公開は、年をまたいで――梅雨が去り、真夏の太陽が顔を出す七月の下旬だった。

撮影期間の短さに比べると、編集はかなり手こずったようだ。

けれどそのかいあってか、ストーリー的にも映像的にも、申し分のない仕上がりになっていたと思う。

……あくまで、一観客の意見としてではあるけれど。

私はこの映画を、休日を利用して旦那さんと一緒に観に来ていた。

旦那さんとは、もちろんこの映画の主人公を演じている、浅野理人のことだ。

「そろそろキスシーン？」

「ああ」

宵月茗子と演じたクライマックスのキスシーンがそろそろとあって、私も妙な緊張感でそれを見守っていた。

お芝居だとはわかっていても、やはり自分の愛する旦那さんが別の女性とキスをするというのは複雑な気分だ。

理人がキスシーンがあることを私に黙っていたのは、「逆の立場だったら嫌だから」らしい。クランクアップからしばらく経ってから、教えてもらった。

問題のキスシーンは、意外とあっさりしていた。

唇が触れて、ゆっくり離れていくだけの、ごくごく軽いもの。

「何だ、心配して損した」

「もっと舌とか入れたほうがよかった？」

私がぼそりと呟くと、理人が横で可愛くないことを言ってくる。

——そんなの、よくないに決まってるでしょうが。

「ねえ、約束」

「うん？」

「宵月さんとのキスよりも、もっとすごいキスするって」

真っ暗とはいえ、席も八割方埋まっている映画館でこんなことをねだるなんて、自分でもどうかと思う。だけど、どうしても今、言いたかったのだ。

それにしても、自分がこんなことを頼むようになるとは。

こんな意地悪な要求をしてしまうのは、彼の意地悪が移ってしまったせいかもしれない。

夫婦って、一緒にいるうちに似てくるって言うから。

「……わかった。こっち向いて」

「ん……」

理人は身バレ防止用のマスクを外すと、私の後頭部を支えながら引き寄せた。ゆっくりと、唇を重ねる。

私はそんな彼の腕に縋るみたいにして、左手を伸ばす。

薬指には、彼からもらったエンゲージリングが光っていた。

一回、二回、三回。

唇が触れ合って、離れていく。

「まだする？」

「……して」

彼の甘い囁きに呼応するように、キスの続きをねだる。

理人の唇の温かさが、息遣いが、彼に愛されているという心地よさを与えてくれた。

……かつては親友だった彼が、私の人生のパートナーとしてとなりにいるなんて、やっぱり少しくすぐったいけれど。

私は、これからも続く幸せな毎日を思い浮かべながら、身も心も蕩けるような甘いキスに酔いしれた。

ヤンデレ王子と甘い生活

「それでは改めまして――ワタクシ淳之介と杏の結婚と、凪と理人の結婚を祝いまして、かんぱーい！」

「かんぱーい！」

淳之介が音頭を取り、私たちはそれぞれのグラスを高らかに掲げた。

理人主演の映画が完成、公開したちょうどそのころ、いつも集まる居酒屋の個室で、恒例の六人飲み会が催されていた。

「ていうか、淳之介と杏はいいとして、理人と凪は去年の秋もこうやって祝ったよね。今さらじゃない？」

カシスオレンジを一口飲んだあと、となりのコジが首を傾げた。

その通り、こうしてみんなに祝ってもらうのは二回目になる。

と同時に、実は六人全員が揃うのは久しぶりだった。

飲み会自体は定期的に行われていたけれど、本年四月の転職を見据えて転職活動をしていたコジが忙しくて捉まらなかったり、六月に結婚式を挙げた杏と淳之介がその準備のために欠席が続いたり。

一番最後に全員で飲んだのは、件の『仮の』結婚報告をした十一月だったというのだから驚いた。私たちにしては珍しく、ずいぶん間が空いてしまった。

「それがさ、この間のときはこいつら、仮の夫婦だったらしいんだ。今回は、本当の意味で夫婦になりましたっていう祝いなの」

「仮の夫婦って、何だよそれ」

「前のときも、結婚のお祝いでしょ……？」

コジは淳之介のもっともらしい説明が腑に落ちないらしく、困ったように言った。

状況を把握できていないのは、コジの向かいに座る百合ちゃんも同じだったようで、コジ同様に不安げな声を発する。

「一から話すとややこしいから省略っ。とにかく、今やふたりはラブラブで、真実の夫婦になったの。わたしたちはそれを祝福する義務があるのよ！」

「はぁ……」

詳しく聞きたそうなコジと百合ちゃんを、杏がとなり同士の私と理人を纏めて指さしながら強引に言い包めた。そして。

「――それにしても、理人のしつこいまでの片想いが実って本当によかったよね～。わたしたち、こんな日が来るなんて思ってもみなかったから」

「思ってなかったのかよ」

台詞の端々に音符マークをちりばめながらの杏の言葉に、理人がすかさず突っ込んだ。

「だって理人、やり方が黒すぎるんだもん。わたし、自分が凪の立場だったらめちゃくちゃ怖いし嫌だったろうなーって」

何だそれは、聞き捨てならない。

「杏、詳しく」

私が短く促すと、杏は「えー」ともったいぶってから言った。

「大学時代からすごかったもん。自分からは絶対にオトしに行かないくせに、凪に近づきそうな男は片っ端から遠ざけてたもんね。みんなもよく知ってるでしょ？」

彼女の発言に対して、理人を除く全員が「うんうん」と頷いている。

「もう理人から聞いてるかもしれないけど、凪に好意がありそうな男の子に『俺と競って勝てると思ってるのか？』なんて嫌味な質問するんだよ。理人みたいなイケメンにそんな脅し文句言われて、『はい、勝てます！』とか答えられる子いないよね」

私は素直に頷いた。

理人が特別目を惹く容姿をしているのは、同じ男の立場からも一目瞭然だろう。そんな彼に勝利宣言できるなんて、よほどの自信家でなければ難しい。

「一番引いたのは、卒論ゼミが一緒だった遠藤くんに対してかなー。遠藤くん、かなり凪に関心があったみたいで、結構グイグイきてたじゃない？」

「え、そうだったかな……」

卒論ゼミの遠藤くん――頭のスクリーンに、彼の顔が浮かんでくる。

ゼミのディスカッションなどでもみんなを引っ張ってくれて、纏め役を買って出ていた印象の彼。いつも、みんなの中心にいた。

そう言われてみれば、一時期は結構話しかけてきてたような記憶はあるけど……

彼に関するエピソードを、記憶の抽斗からどうにか引っ張り出す。

――そうだ。それから少し経ったころには、向こうからはほとんど接触してこなくなったんだっけ。

それまでは他愛ない話題でも気軽に振ってくれていただけに、急に、まるで私を避けている感じになったのだ。

「そうだよ、わたし凪と仲良かったから、遠藤くんに凪との仲を取りもって、って言われたんだよ」

「えっ、そうだったの？」

そんなの初耳だ。

遠藤くんが私にそんなそぶりを見せてきたことなんて、なかったはずなのに。

「だから、かなり本気だったとみた」

そこまで言うと、杏は声のトーンを少し下げて続けた。

「彼の最大の失敗は、わたしへのその依頼を、理人のいる前でしてしまったことだよね」

「……失敗？」

訊ねる私に、杏はこくんと頷いた。

「凪のことがだーい好きだった理人が、凪を彼女にしたい気満々の遠藤くんを放っておくわけがないでしょ。普段やってるみたいに、あの禁断の質問をしたわけよ。『俺と競って勝てると思ってる？』って」

「うん」

「ところが、遠藤くんの答えはイエス。『吉森さんと付き合いたいから、僕は勝てると信じて想いを伝えるよ』って——。理人に怯まなかったのって、もしかしたら彼が初めてかもね。だから理人、あのときは少し焦ってたみたいだった」

当時の理人の様子を思い出したのか、後半部分の口ぶりが笑いまじりになる杏。

「理人、意外と可愛いところあるんだよなー」

「そうそう。何だかんだずーっと凪に一途だしな」

淳之介とコジが囃し立てるけれど、理人はポーカーフェイスのまま無言で、お通しの枝豆を齧っているだけだった。

「もー、そうやって澄ました顔で誤魔化そうとしても無駄だよっ。わたし、理人が遠藤くんにやったゲスいこと、忘れてないからねっ」

そんな理人に、杏はキラリと鋭く目を光らせながら言った。

「理人はね、多分このままじゃ凪を取られちゃうって思ったんだろうね。だから、『凪は最近メッセージアプリにハマってるらしい』とか嘘の情報を遠藤くんに流したの。しかも、凪のＩＤを勝手に教えて、『連絡してみたらー？』なんて、けしかけたりして」

「……ん？　遠藤くんから連絡なんて来たことないけどな」

確かに当時、メッセージアプリで頻繁に仲間と連絡を取っていた。

でもそれはごく限られた友人とのみ――たとえば、今集まっている五人とか、そういう相手とだけだったはず。遠藤くんとはどうだったろう？

記憶の糸を辿ってみるけれど、やはり、彼とやり取りを交わしたという思い出には出会えなかった。

というか、そもそも遠藤くんとは連絡先すら交換していないのではないだろうか。

「そりゃそうだよ。理人が遠藤くんに教えたＩＤは、凪のじゃないもん」

真剣に悩む私を見て、おかしそうに杏が笑う。

「え、じゃあ誰のなの？」

杏は人の悪い笑みを浮かべながら、となりの淳之介や百合ちゃん、そしてコジに目で合図をする。

三人は、わかっていますとばかりに目を伏せ、深く頷いてみせた。

「決まってるでしょ。理人は凪のだと偽って、別のＩＤを教えたの」

「えっ！」

「そのＩＤで凪のフリをして、上手いことやり取りしつつも向こうから告白してくるように誘導した挙句、こっぴどく振ったんだよ。しかも、『もうゼミでも話しかけてこないで』なんて、強烈なメッセージまで送ったりして」

「…………」

「傷ついた遠藤くんは、取りつく島もないと思って、完全に諦めたみたい」

なるほど、だから彼は急に私に話しかけてこなくなったのか。

具体的にどんな振り方をしたのかはわからないけれど、こちらから拒絶するような言葉を投げたのであれば、そうなってしまっても仕方がないだろう。

いや、遠藤くんのことより――問題は理人の、想像の斜め上を行く驚きの行動だ。何と言っていいのやら、言葉が出てこない。

百合ちゃんが微妙そうな表情で、私を見る。

「黙っててごめんね、凪。私も当時は、理人くんに『やめたほうがいいよ』って言ってみたんだけど、全然聞く耳を持ってくれなくて」

「やりかたが容赦ないんだよな。もう絶対に近づいてこないようにさせるつもりだったみたいだから、相手にとってかなり辛辣な言葉も投げたりしたんだろうなぁ」

「……ほ、本当なの？　理人」

百合ちゃんとコジの台詞を聞けば疑う余地はないんだけど、一応、訊ねてみる。

「邪魔だったから」

「あ、そ、そう」

理人がまったく悪びれずにサラッと答えたものだから、私もそれ以上は追及できなかった。

「ヤバいよね、引くでしょ？　わたしもさすがに引いたよ～。そこまでするー？」

うん、引く――とは、さすがにとなりに本人がいる状態では言わなかったけれど……杏に完全同意だ。

いくら邪魔に感じたとはいえ、追い払うために私の名前を騙って振ってしまうだなんて――普通じゃない。

理人が私に近づく男性を遠ざけていたのは彼本人の口から聞いていたけれど、実際どんな手段でそれを行っていたのかを聞いてしまうと、まるで怪談話を聞いたときのように、背筋がゾクっとした。

理人ってば、表向きは爽やかなイケメン好青年を気取ってるくせに、妙にこじらせた一面を持っているようだ。

「ウケるのがさ、凪がそのころ『全然彼氏できなーい！　彼氏ほしい！』って嘆いてたわけだよ。そしたら理人のヤツ、平然と何て言ったと思う？」

淳之介が理人の顔をちらりと見ながら続けた。

「『お前と付き合いたいなんて言う猛者がいるわけないだろ』って。いやいや、お前がその猛者を追っ払ってんだろ、って、みんな必死に笑いこらえてたよな」

「それ覚えてる～。むしろその猛者になりたいのは理人のほうなのにね～」

「素直じゃないよなー」

淳之介の暴露に杏が乗っかると、コジと百合ちゃんも深く頷く。

……そうか。仲間内でわかっていなかったのは私だけなのか。

「昔の話だし、もういいだろ」

私の前ですべてを詳らかにされるのはきまりが悪いのか、理人がストップをかける。

「現在進行形でしょ～？　もっと細々した話は語り尽くせないほどあるじゃない」

けれど、杏に反論されてしまう。

「いろいろあったよね～、男の子が凪に話しかけようとした瞬間に、自分が話しかけて、喋るタイミング奪っちゃったりとか、凪がデートしてるってわかってる時間帯にわざと電話かけてみたりとか。さっきの話に比べればこんなの全然大したことないけど、本当によくやるわーって、いっそ息子を見守る母みたいな気持ちになってたもんねー」

そのときの光景が視界に広がっているのか、杏は感慨深げに呟いたりしているけれど、その感想の抱き方は何か間違っているような気がする。

「だからこそ、凪と理人が結婚するっていきなり聞いたときは、だいぶビックリしたよな」

「うん。でも私は、あんなに頑なに告白しようとしなかった理人くんが、ついに告白に踏み切ったんだって、嬉しい気持ちもかなりあったけどね」

コジの言葉に頷いた百合ちゃんが、両手でウーロン茶のグラスを支えながら微笑む。

梅酒のソーダ割りを一口飲んだ杏が、私の目をじっと見つめて、改めて口を開いた。

「わたしたちの前では、『俺がその気になればいつでもオトせるから』とか余裕ぶってたけど、まさか本当にその通りになるなんてね。……でも、うん、本当によかった。凪、今のでよくわかったでしょ？　凪がすごくすごーく、理人に愛されてたってこと！」

「かなり重たい愛だけどな」

ぼそりとつけ足すような淳之介の台詞で、みんなおかしそうに笑った。

「ほんとそれ。仮に『離婚する！』とかなったら、恐ろしいことになるかもしれないから、仲良く頼むよ、ふたりとも！」

「ちょっとコジ、その冗談笑えない……」

杏が深刻そうな顔を作ってそう言うものだから、また笑いが起こった。

今までは実感がなかったけれど、ようやくわかってきた。

これまで知る機会がなかっただけで、私は自分で思っているよりもずっと、理人に愛されていたらしい。

理人はあまり自分の感情をストレートに出すタイプではないから、何だか別の人の話を聞いているような気がしてしまうのだけど——友人たちの話に嘘はないのだろう。

とはいえ、ここまで強烈なエピソードがあるなんて思っていなかった。

……愛されすぎてるくらいに大事に想ってもらえている、というのはわかった。

もうこれは、そういうことで、納得しておこう。

重たすぎてちょっと怖いかも……なんて思ったりはしたけど、大切にされている。その事実は、純粋に嬉しいし、誇らしいのだから。

「ところで、理人たちは結婚式しないのか？」

「沖縄よかったよ～！　リゾート婚って非日常感あるし、オススメだよ」

淳之介と杏が、ニコニコしながら訊ねてくる。

ふたりは家族や親戚だけを集めて、沖縄で挙式をした。その後都内で友人向けの披露パーティーを行っていて、私もそれに出席させてもらったのだ。

パーティーでは、挙式の写真やムービーが流された。本人が言う通り、沖縄の空と海の青さ、砂浜とドレスの白さがマッチしていて、すごく綺麗で。

何より、幸せそうな杏と淳之介の笑顔が最高に眩しかった。

大好きな人と人生をともに歩む決意をするその瞬間、人間ってあんなに素敵な表情になるんだ、と感動を覚えたものだ。

だから、結婚式を挙げるのもいいなぁなんて思ったのだけれど――

「うーん、いろいろ考えたんだけど、結婚式はしないことにしたんだ」

私が言うと、杏が「えー」と小さく叫ぶ。

「どうして？　一生に一度のことなんだし、最高の瞬間の思い出を残しておいたほうがいいじゃない～」

「うーん、そうなんだけどね。理人も仕事忙しいし」

映画の撮影が終わってから、理人は役者としての仕事を着実に増やしている。

いきなり三番手に配役された件の連続ドラマは、一貫して高視聴率を残すことができた。そのドラマでの演じぶりに高評価をつけた某人気劇団の主宰が、理人に客演のオファーを出し、舞台出演も果たした。

理人本人は、撮影ではなくリアルタイムのパフォーマンスという部分で、勝手の違いをひしひしと感じていたらしい。けれど、前向きに、かつ楽しそうに取り組んでいたようだった。

私も全国五か所で行われたその公演を、ついこの間見に行ってきたけれど、お世辞抜きによかったと感じた。身内のひいき目を抜いても、数時間をフルに楽しめたのだ。

俳優業の傍ら、モデルとしての仕事も相変わらず続けている。

理人は本当に仕事が好きらしく、大小さまざまな仕事を抱えて大変なはずなのに、家では絶対に弱音を吐いたり、愚痴を言ったりしない。大したものだ。

「そっか、纏まった休みとか取れなそうだもんね」

「ファンやマスコミとかも集まってくるかもしれないしな。そういう対応も面倒そう」

納得したらしく、杏と淳之介がトーンダウンした。

マスコミに関しては、理人は私との関係を隠すつもりはないと断言しているから、「バレないように隠れなきゃ」なんていう心配は必要ない。

ただ、様々な情報が飛び交うこのご時世、何らかの披露の形を取ったときに、理人の奥さんとして私の写真やプロフィールなんかが流れてしまうのがちょっと怖い。

理人は芸能人だからそれもある意味有名税なのかもしれないけれど、私は一般人だ。以前彼の熱狂的なファンの子と遭遇したときのような出来事が、二回、三回、それ以上——と起こるかもしれない。

それは困る。

理人もそれを理解しているからか、私の好きにしていいと言ってくれている。

結婚の記念が残らないのは少し寂しい気もするけれど、普段から仕事、仕事で忙しくしている理人に、プライベートで時間を作ってほしいとは言い辛いし、そんな要求もしたくない。

私は頑張る理人をとなりで支えることができれば、それだけで満足なのだ。

……いや、支えるなんて言い方はおこがましいか。でも、私の存在が少しでも支えになっているのであれば嬉しい。

「ああ、だけど今度、マリッジリングは買いに行こうって話はしてるんだ」

理人が思い出したように言った。

「え、理人たち、まだ買ってなかったの～？」

「なかなかタイミングがなくて。明日、久々に休みが被るから、買いに行こうってことになったんだ」

理人が私に視線で「な？」と訊ねたので頷く。

——そうなのだ。

明日は私が密かに楽しみにしていた一大イベント。ふたりでマリッジリングを選びに行く日なのだ。

思いがけず婚約指輪をもらった日、理人は「マリッジリングが必要」なんて言っていた。けれど、そのときはまだ仮の夫婦だったし、関係がいつまで続くともわからなかったから、まったく気に留めていいなかったのだ。

「そうなんだ！　やったじゃん、凪。理人にめっちゃ高いのおねだりしてきなよ」

「あはは、それいいかもね」

杏の軽口にはそう乗ったけれど、正直なところ、私はどんな指輪であろうと構わなかった。

材質もデザインも、まったくこだわっていない。

なぜなら私はアクセサリーとしての指輪がほしいのではなく、あくまで夫婦としての印がほしいからだ。

理人は婚約指輪をくれたとき、それを『奥さんの印』と言った。私が理人の奥さんであるという証明だ、と。

ならば結婚指輪は、互いが夫婦であるという印になる。揃いのデザインで、お互いがお互いのものであるという証明ができるのなら、とても心強い。

「わたしたちもいつもつけてるよ〜。ほらっ、これっ」

杏が手にしていたグラスをテーブルに置いて、まるで芸能人が結婚会見でも開いているかのようなテンションで、指先を揃え、手の甲を私たちに向けた。

それに倣(なら)って、淳之介も同じような仕草をして、指輪を見せてくれる。

ふたりの指輪は、波のようなゆるい曲線に形作られた、比較的シンプルなデザインのものだった。

「裏側にメッセージが彫(ほ)れたりもするんだよー。私たちは、日付とイニシャルだけだけど。ね、ジュン」

「そうそう。決めるの、結構時間かかったよ。杏が『あれもいい、これもいい』って言うから」

困ったように言ってみせる淳之介だけど、それすら幸せな時間だったのだろう。口元が笑みにゆるんでいる。

「杏らしいね。ふたりとも、よく似合ってる」

――そうだよね。一生身に着けるものを決めるんだから。楽しくないはずがない。

私はお揃いの曲線を眺めながら言った。

「素敵だね、いいなぁ」

百合ちゃんが、はぁー、とため息をついた。

「本当。百合ちゃん、俺たちもあやかりたいよな」

「コジくん、どっちが先に恋人できるか、競争しよっか」

「お、いいね。先に彼氏か彼女できたほうに、できなかったほうが一杯奢るってどう？」

「いいよ。私はお酒よりも美味しい紅茶がいいけど」

「オッケー。真剣に頑張るわ」

「ふふ、私も」

百合ちゃんとコジの間では、なぜか妙な賭けが始まっている。

ふたりともしばらくパートナーがいないと話していたから、結婚にまつわる話を聞くと、出会いに積極的な思いがわいてくるのかもしれない。

私も一年くらい前まではまったく同じ立場だったから、よくわかる。

……一年前か。

そのころは彼氏もできず、やっとできてもすぐ振られるという散々な状態だった。なのに、この一年でまさか既婚者になっているとは。

もしそのころの私に出会えてそれを告げたとしても、絶対信じられないだろうな。

私自身がまだたまに、夢の途中なのではないか――と思う瞬間があるくらいなんだから。

私たちは夜が更けるまで、久しぶりの全員での再会を心の底から楽しんだのだった。

「凪、準備できた？」

「うん」

午後一時半。自宅で軽く昼食をすませた私と理人は、マリッジリングを買うべくマンションを出発した。

なかなか叶わないふたりきりでの外出だから、どこかお店でランチをしてから向かう……なんて流れも捨てがたかったけれど、いかんせん理人のルックスは目立ってしまう。外には必ずマスクを装着していくとはいえ、そのオーラはなかなか隠しきれるものではない。

まだ結婚していることは仕事関係者にしか報告していないから、私と理人がふたりでご飯を食べているところを見られたら、人が集まってきてしまうに違いない。

そうなれば、暢気に指輪を選ぶどころではなくなってしまうだろう。

あくまでも今日の目的は、マリッジリングにある。だから、ランチはまた今度のお楽しみにすることにした。

「銀座までお願いします」

タクシーを呼んで乗り込み、向かう先は銀座。

いろんなジュエリーショップが立ち並ぶその場所なら気に入るブランドがあるのではないかと、理人に提案されたのだ。

「行きたい店、ある？」

「ううん。特にこれといって」

「遠慮しなくていい。女の人って、身に着けるものにこだわるだろ」

「私はあんまりないんだよね。あー、でも強いて言えば……理人が選んでくれたお店なら、なお嬉しいかな」

言っておいて、我ながら名案だと思った。

理人が私に着けてもらいたいと思うお店に連れて行ってくれるのが、一番な気がする。

「わかった」

理人はそう言って、タクシーの運転手さんに方向の指示を出す。

二十分程度で銀座界隈に到着した。土曜日のお昼ということもあり、人通りが多い。

「次の角で止めてください」

高級ブランドの店舗が立ち並ぶ通りの一角に、見覚えのあるロゴがあった。

あれ、このマーク、どこで見たんだっけ……？

一瞬考えたものの、すぐにわかった。

理人がくれた婚約指輪だ。そのケースが入っていたショップバッグに描かれていたマークと、この店のロゴが同じだ。

じゃあここは、婚約指輪を買ってくれた店舗ということか。

「いらっしゃいませ」

入り口に立っている黒いスーツ姿の女性が、私たちに会釈した。

「マリッジリングを探しに来たんですけど」

「かしこまりました。二階へどうぞ」

女性が店内の奥にいる、同じ恰好をした別の女性に目配せをする。すると、彼女がこちらへ歩いてきて、二階に続く階段を指し示した。

「ご案内いたします」

「は、はい」

こういうお店に来るのは初めてだ。

お店のなかの洗練された雰囲気もそうだけど、店員さんと思しき女性の誰もがキリッとした恰好、雰囲気をしていて、圧倒される。

ジュエリーショップらしく、一階の店内には、三十代くらいのカップルが二組いて、それぞれショーケースのなかにある商品を真剣に眺めていた。

それを横目に、ボルドー色の絨毯の敷かれた螺旋階段を上って二階に進む。そこにも、一階とほぼ同じような光景が広がっていた。

「こちらがマリッジリングになります」

中央にあるロの字形のショーケースの前で店員さんがそう言って、ケースのなかに並ぶたくさんの指輪を示す。

——わあ、すごい。こんなにたくさん種類があるんだ。

「気になったものがありましたら仰ってください。実際にお手に取ってご確認頂けますので」

「あ、ありがとうございます」

気になったものを言えと言われても——ざっと見ただけで四、五十種類はある。

「金属の材質も、お好みのものに変えられます」

「…………」

デザインの他に、材質も選べるんだ。

うーん、難しい。

私みたいに極端にこだわりのない人間が選ぶ場合は、自由度が高いとなかなか大変だ。

昨日の飲み会で杏も悩んだと聞いていたけれど、無理もない。

これだけ候補があるなかから、たったひとつを選ぶ作業をサラッとやってのけるほうが珍しいだろう。

「お前、固まってるだろ」

呆然とする私に、理人が笑いをこらえながら小さく訊ねた。

「ば、バレた？」

傍に立つ店員さんに悟られないように、何気なくショーケースを眺めている風を装いつつ訊ね返す。

「当たり前だ。顔見ればすぐにわかる」

「……うう、だって選択の余地がありすぎて」

「たとえばだけど……こういうの、どう？」

理人がケースの上から指し示したのは、シンプルなリングの表面に、一粒小さなダイヤが埋め込まれているデザインのものだった。

「……うーん」

小さく唸る。

「遠慮しないで、思った通りに言ってみて」

「ずっとつけるものだから、石が入ってないもののほうがいいかな。ポロッと取れちゃったりしたら嫌だし」

「滅多なことでは取れたりしないけど——でも、わかった。じゃあ、金属の幅が細いのと太いの、どっちがいい？」

「うーん、どっちでも……」

「どっちでもいい、はだめ。直感でいいから」

「じゃ、じゃあ細いの」

「そしたら、これはどう？」

次に理人が示したのは、金属のつや消しをしてある、コロンとしたフォルムのシンプルなものだ。私がさっき述べた希望の通り、金属の幅はやや細い。

「うん、可愛いと思う」

「実際に見せてもらおう――すみません、これ、ちょっと着けさせてください」

「かしこまりました」

店員さんはすぐにショーケースを開けると、揃いの指輪をトレイのようなものに取り出して、片方を私に嵌めるよう促した。

す、素手で触っていいんだろうか。店員さんは手袋で触ってるけど……特に何も言われないから、いいのかな。

おっかなびっくり、指輪に触れて、左手の薬指に嵌めてみる。

サイズはややゆるめだったけれど、見た目の感じはよくわかった。

「着けたときに引っかかりがあったり、違和感がある場合は避けたほうがいいかもしれません。大丈夫ですか？」

「はい、大丈夫です」

店員さんのアドバイスに頷く。嵌めていても特に違和感はない。

「どう？」

デザインはシンプルすぎるくらいにシンプルだけど、これくらい際立つ部分がないもののほうが、一生飽きずに着け続けることができるのかもしれない。

「私は結構気に入ったよ。理人は？」

「俺も好きな感じ。これにしよっか」

理人も、男性用のものを着けてみて、しっくりきたようだ。

「え、も、もう決めちゃっていいの？」

「だって、お前きっとこれから先どんな指輪着けても、同じような感想しか出ないだろ」

「う……」

「それなら、これがいいって思ってるうちに決めようぜ。選んだ感じがして、そのほうがいい」

――なるほど、理人の言うことも一理ある。

お店に入ってからまだ十分も経っていないし、いくらなんでも一回嵌めただけで決めるなんて早すぎやしないかと思ったけれど……特別なこだわりのない私のことだし、どれを着けても似たような感想を抱くに違いない。

いくつも試してどれがいいのかわからなくなってしまうくらいなら、「これがいい！」と思ってるうちに決断してしまうのもアリだろう。

……理人は本当に、私の性格をよくわかっている。

「そうだね、これにしようか――あの、お願いします」

理人にそう答えてから、横にいた店員さんに告げる。彼女は「はい」と頷きながら、ニコニコと嬉しそうに笑った。

私がその表情を不思議がっていることに気付いたのだろう。店員さんが小さく謝った。

「いえ、すみません。おふたりの会話を聞いていたら、すごく仲がよろしいのが伝わってきましたもので、私まで嬉しくなってしまいました」

どうやら、私たちの会話がばっちり聞こえていたらしい。

「な、何かすみません、適当で……」

……うう、恥ずかしい。

せっかくこういうお店に連れてきてもらっておいて、可愛く悩んだりできない自分の性格を恨めしく思った。

「とんでもないです。おふたりがいいと思ったものを選んで頂くのがベストですから。……それでは、あちらのテーブルへいらしてください。サイズの確認と、材質、刻印などを決めて頂きますので――」

私たちは店員さんに促(うなが)されて、彼女の指し示す、ショーケースの近くにあるソファセットまで移動した。

◇

◆

◇

「無事に決まってよかったよね」

「ああ」

再びタクシーに乗って帰宅後、すぐに部屋着に着替えた。そしてリビングのソファで一息ついてから、ビールで乾杯をする。

まだ夕方だけど――いや、もう夕方だから、飲んだって構わないだろう。休日なんだし、何ならお昼からお酒を楽しんだって許されるはずだ。

なんて強引に理由をつけて、グラスに注いだビールを嚥下する。

美味しい。

今日の私は、様々な希望が叶って満たされている。

最近忙しかった理人と一緒に過ごせて、ほしかったマリッジリングもオーダーできて、大好きなビールも飲めて。

これ以上幸せになったら大きなしっぺ返しが来るのではないかと恐ろしくなるくらい、楽しくて心地いい。

「最近、土日に仕事が入ることが多くて休みも別々だったから、こうやってふたりでビールを飲むのも久しぶりだよな」

どうやら理人も同じことを考えていたらしい。傾けていたグラスをテーブルに戻すと、ちょっと遠くを見て言った。

「そうだね」

「悪かったな。バタバタしてて」

「そんなことないよ」

平々凡々、変化のない平坦な道を望んでいた私だったけれど、理人とともに生活をしていくうちに、先の読めない面白さというのもあるのかもしれないなぁ、と思うようになっていた。

些細(ささい)なところでいえば、彼と顔を合わせる頻度(ひんど)について。今週は理人と週末を過ごせる、とか、今週はなかなか顔を合わせられないな、とか。

一緒に過ごせるときは、何をしよう、どういうところに行ってみよう、と計画を立ててワクワクできる。顔を合わせるタイミングすら難しい週は、疲れて帰ってくる理人に、身体に優しいご飯を作っておいてあげようとか。それすらできないときは、せめておかえりなさいのメモ書きでも置いておいてあげようとか。

アップダウンの激しい、でこぼこ道を進む理人が、私の行動に喜んでくれれば、私も嬉しい。だから私は、今のこの変化に富んでいる毎日も、十分楽しむことができていた。

それは理人と結婚しなければ、知ることのできなかった感覚なのかもしれない。

浅野凪という新しい名前にも、最近ようやく慣れてきた。

会社では便宜上、引き続き旧姓の吉森を名乗っているから、病院や郵便物くらいでしか実感はできない。けれど、印字された名前を指先でなぞるたびに、愛おしさがこみ上げてくる。

「指輪、いつできるって言ってたっけ」

「ちょうど一ヶ月後だって」

理人の問いに、私が答える。

あのお店は、『世界にたったひとつのオーダーメイド』を売りにしているショップだったようで、納品までには時間が必要とのことだった。

『夫婦の印』をなるべく早く身に着けたいと思っていたから、そこは少し残念だったけど——おかげで待つ楽しみを味わうことができると考え直す。

理人と相談した結果、材質はプラチナにすることにした。

ゴールドにもゴールドのよさがあったけれど、やはりプラチナの変色、変質しにくいという部分に惹かれたのだ。

壊れたりせず、一生涯身に着けることができるだろう素材で、どんな環境下でもずっと変わらない形状を保ち続ける。

そんな指輪なら、永遠の愛の誓いをこめるのにふさわしい。

刻印に関しては、杏と淳之介同様、日付とイニシャルだけのオーソドックスなものでいいか、という話になり、理人にそのように記入してもらった。

何か特別な文言を入れることもできたみたいだけど、どういう言葉を刻めばいいかわからないし……これという言葉が浮かばなかった、というのが一番の理由だったりする。

「来月、予定が合う日を見つけて、一緒に受け取りに行こう」

「仕事大丈夫なの？」

「ああ。仕事によっては途中抜けたりもできるし」

「無理しなくても平気だよ。受け取るだけなら、私が行ってきてもいいし」

気を利かせたつもりでそう言うと、理人は一瞬困ったように眉を下げたあと、苦笑して言った。

「そうじゃなくて。ふたりのものだから、一緒に取りに行きたいってこと」

「あ」

そっか。理人がそうしたいから、予定を調節してくれるって意味なんだね。

「……あ、ありがと。じゃあ、一緒に取りに行こう」

「うん、よろしく」

「でも、大丈夫かな。今日も途中で、浅野理人だって気付かれてなかった？」

私はふと、ジュエリーショップでの店員さんの対応を思い出して言った。

契約の最中、コーヒーが出された。それを頂くために理人が少しだけマスクを外したのだけれど、そのとき、店員さんが目を瞠ったのだ。その瞬間を私は見逃さなかった。

「そうだっけ？」

「そうだよ。あからさまに動揺したそぶりは見せなかったけど、多分気付いたんじゃないかと思う」

連絡先は、彼ではなく私の名前を記入したけれど、彼の苗字を名乗っている以上、浅野理人という名前に辿り着くのはさほど難しくないだろう。

もし彼女から外に情報がもれれば、受け取りの際、ゴシップ記者が店に張っている可能性は否めない。

「まぁ、ああいうところの店員は基本的に口堅いから大丈夫だろ」

「でも……」

「仮にそこから結婚の話が広まったとしても、事務所がＯＫ出してるんだから、何も怯えることはない。……凪に迷惑がかからなければ、っていう条件つきで」

「ある程度は仕方ないかなって思ってるよ。理人はそれだけ影響力のある人だから、覚悟はしておかなきゃいけないんだよね」

そう。これは、人気者である理人と結婚した宿命だろう。

「そう言ってもらえるとありがたい」

私のことを気にかけていたためか、理人は私の言葉に少しホッとしたような表情を浮かべた。

理人は本当に、私のことを大切に思ってくれているんだ。

一緒に住み始めたときは夫婦のフリをする生活だったから、あまりよくわからなかったけれど、本当の夫婦になった最近は、彼の気持ちが伝わってくる瞬間が多い。

……昨日の飲み会のように、本人ではなく、周囲にいる友人たちが暴露してくれる場合もあったりするけれど。

そのとき、私の携帯が震えた。

ディスプレイに視線を落とし、発信者を確認する。

「あ……」

北岡さん——私の上司に当たる男性社員からの電話だ。

休みの日なのに、電話なんてめずらしい。それも事務の私になんて、よっぽどのトラブルがあったときじゃなければあり得ない。

「ごめん、ちょっと電話」

せっかくふたりでくつろいでいる場に、仕事の話を持ち込むのは気が引ける。

何ごとだろうと不安になりつつ、私は理人に断ってから、足早に寝室に向かった。

「もしもし、お疲れ様です」

「お疲れ様、ごめんね、お休みの日に」

北岡さんが、優しくて低い声で申し訳なさそうに言った。

北岡さんは四十代後半。今日は中学生になったばかりの娘さんのピアノの発表会があるとかで、楽しみでもあり少し緊張もする――とか、昨日話していたから、彼だって今日はお休みのはずだ。

「いえ。それよりどうかしましたか?」

「それがね」

耳元に響く北岡さんの声がやや暗くなる。

「さっき連絡が入ったんだけど、須永さんの親戚にご不幸があって、月曜日お休みしたいって。でも、月曜の朝イチで、入会希望のお客さんの施設見学が入ってたでしょう。それ、須永さんが対応する予定だったよね?」

「あ、はい。そうですね……」

本来なら、施設見学の案内は私の仕事なのだけど、月曜の亜子ちゃんのスケジュールにゆとりがあることと、私がその日までに纏(まと)めなければならない書類があったことから、亜子ちゃんに代わってもらっていたのだった。

「申し訳ないんだけど、対応お願いしてもいいかな？」

「もちろんです。承知しました」

「悪いね。よろしく頼むよ」

「とんでもないです」

何かあったときはお互い様だ。もともとは私がやらなければいけない仕事だったのだし、私は恐縮しつつ応答した。

「あっ」

「……？　どうかしたかい？」

北岡さんに対してではなく、何気なく、開けっ放しだった寝室の扉のほうを振り返ったときに、思わず声が出た。

そこに理人が立っていたからだ。

理人は、ジトッと何かを疑うような視線を私に向けている。

な、何……？

「いえ、何でもないで――」

「凪、ちょっとこれ！　はやく！」

す、と終わりまで言わないうちに、理人の声が響いた。

「えっ？　な、なに？」

「すぐ来て――、あ、ごめん、電話中か。でもこっちも……悪い、ちょっと俺が説明しとくから、凪はこっちを。はやく！」

そんなことを言いながら寝室に入ってきた理人に、携帯をひょいっと奪い取られた。

「ちょ、ちょっと！」

「もしもし、はじめまして」

私が叫ぶのと同時に、理人が電話の向こうの北岡さんに向けて喋り始めた。

「はい――あ、僕、凪の夫の浅野と申します。凪の上司の方だったんですね、お世話になっています……はい、はい。いえ、いつもご指導ありがとうございます」

「…………」

状況が呑み込めず、ぽかんとしてしまう。

何で理人と北岡さんが会話をしているのだろうか。

「すみません、妻にちょっと急に対応してもらわないといけないことがあって。それで、本日のご用件は――あ、月曜のスケジュール変更だったんですね。わざわざありがとうございます……ええ、今後ともどうぞよろしくお願いいたします。突然失礼いたしました。あ、妻のほう、終わったようなので代わりますね」

そう言うと、理人は澄ました顔で私に携帯を差し出した。

反射的にそれを受け取って、再び耳元に当てる。

「もしもし、すみません、何か急に」

「旦那さん、感じのいい人だね。ご挨拶（あいさつ）してくれて」

「あ、いえ……」

「ご主人がお家にいるってことは、邪魔しちゃ悪いか。とにかく月曜の件は、それでよろしく頼むね。じゃあまた週明けに」

「はい、ありがとうございます」

通話を切ると、リビングに戻っていく理人を追いかけながら訊（たず）ねた。

「ちょっと、さっきのどういうことなの？」

「別に。凪の上司なら、挨拶（あいさつ）しなきゃなと思って」

いや、ちょっと待て——と頭のなかで突っ込む。

電話の相手の北岡さんが私の上司であると知れたのは、私の携帯を奪って彼と会話を交わしたから。つまり、結果論に過ぎない。

仮に、仮にだ。私の畏（かしこ）まった話しぶりでそう推察したとしても、突然変な小芝居をはさんでまで、私の手から攫（さら）うように電話を代わった理由がわからない。

リビングに到着し、ソファに腰を下ろしてもう一度考えてみる。

——あ。もしかして……

その瞬間、閃光（せんこう）のようにひとつの仮説が降りてきた。

「もしかして、私が男の人と電話してるのが気になったの……？」

理人は否定しなかった。ということは、おそらくそうなのだろう。

多分、私の携帯が震えたときに、画面に表示されている発信者の名前を見たのだ。

そしてそれが男性の名前であることに気付いた。

休みの日にわざわざ電話をかけてくるような人物だから、私と深いかかわりがあるに違いないと判断したけれど、どんな繋がりかまではわからない。

だから直接会話しようと、携帯を奪ったのだ。

「心配しなくても、浮気なんてしてないし、する気もないよ。いきなりあんなことするとビックリするじゃない」

「凪には隙があるから、お前にその気がなくても、そこを突いて入り込んでくるヤツがいるかもしれないだろ」

「あのねえ……」

理人ってば、本気で言っているんだろうか。

いや、冗談にはとても見えないけど……

でも逆に、真剣に言ってるのがちょっと怖い。

これが前にみんなが言ってた、理人の一面なのだろう。

こんなこじらせた一面があるなんて、理人は大丈夫なのだろうか。少し心配になる。

でも、だからといって、彼のことを嫌いになったりとか、嫌悪感を抱いたりはしない自信があった。

完全なる友人関係だった私と彼が今こうして夫婦として生活できているのは、彼の執拗ともいえる私への執着心のおかげなのだ。

普段は全然そんなそぶりを見せないくせに、時折匂わせてくる私に対する熱烈な感情。それを受け止めるのは悪い気はしない。

むしろ、ちょっと可愛いかも——なんて思ってしまうのは、惚れた弱みなのだろう。……我ながら、どうかしているなぁ。

私はやれやれと肩を竦めたい気分で、小さく息をはいた。

「今回はいいけど、今度からはいきなり電話に出るのはナシね。相手の人もびっくりしちゃうし」

「上司の北岡さんだっけ？　俺のこと歓迎してくれてる風だったけど。それなりに上手く話してたでしょ？」

彼の言う通り、北岡さんの反応は悪くなかった。逆に、褒めてくれていたくらいだけれど、論点はそこじゃない。

「そうじゃなくて。私のこと、ちょっとは信用してねってこと。わかった？」

「はいはい」

照れ隠しなのか、理人は短く返事をしてから、少し温くなったビールを呷った。

……しょうがないな、もう。

「——明日、仕事は夜からだよね？」

「うん」

「じゃあ、今夜はゆっくり飲めるね。——ビール取ってくる」

普段なかなか一緒にいられない分、こういうときこそふたりの時間に浸っていたい。

私は新しいビールを取りに行くため、いそいそと冷蔵庫に向かった。

マリッジリングを買いに行ってから一週間ほど経った、ある日のこと。

たまたまふたりとも早く帰宅できたその日の夜、私たちは動物のテレビ番組を見ていた。

「わー、可愛い！」

その日の特集は猫で、出演するタレントの飼い猫を集めたＶＴＲが放送されていた。

日向で寝ていたり、一心不乱に毛づくろいをしていたり、オモチャで遊んだり。

その動作のひとつひとつが可愛くて、癒される。

私はテレビにかじりつくようにして、その様子を眺めていた。

「猫、いいなぁ」

「凪は猫好きなの？」

思わず呟いた言葉に、理人が訊ねた。

「動物は何でも好きだけど、猫は特に好きかな。犬は実家で飼ってたことあるけど、猫はお父さんがアレルギー持ってるから、飼っちゃだめって言われてたんだよね。だからかな、余計に可愛いなぁって思う」

飼えないと思うと余計に飼いたくなる――ということだったのかもしれない。

「ふーん、そうなんだ」

「でも最近は、羨ましいって感情のほうが近いかな」

「羨ましい？」

「そうそう」

私はソファの上で膝を抱えながら続けた。

「猫って、自由で気ままで、何しても許されるようなところがあるじゃない。世間や会社やお客さんに媚びなくてもいいし、そういうところが羨ましい。――飼い猫っていいなぁって」

言いながら、自分で笑ってしまった。

小学生じゃあるまいし、何を本気で羨ましがっているんだ、と。

実は最近、珍しく仕事でトラブルが続いていた。だからお客さんの対応に疲れているせいで、こんなことを思ってしまうのかもしれない。

それにしても、猫になりたい、なんて現実逃避気味な思考になるなんて、よほどストレスがたまっているんだろうか。

「なら、なってみる？」

「え？」

半分ふざけて言った言葉に、妙に真剣な返しをされて困惑する。

「猫になりたいんでしょ、凪は。それなら、なってみたらいいじゃないか」

「なってみたらいいなんて……そんなの無理に決まってるでしょ」

「そんなことない」

理人はそれだけ言うと、リモコンを操作して、テレビの電源を落とした。

「こっち来て。凪の願いが叶うかも」

私は訝しく思いつつ、こっち――と寝室のほうに促す理人のあとをついていった。


「凪、着替え終わった？」

「ちょっ……理人、これ、見せられないよっ」

「いいから見せてみて。ほら、早く」

寝室の扉の陰に隠れていた私だったけれど、意を決してそこからおずおずと前に出た。

「いいじゃない。よく似合ってる」

「っ……」

恥ずかしくて理人の反応が見られないから、彼がどんな顔をしているのかはわからない。けれど、少なくともバカにするような口調ではなくて、ちょっと安心した。

結論から言うと、私は理人の言う通りに猫になることができた。

けど、それはいわゆる動物の猫とは違う。猫のような衣装を着させられた――という表現が一番正しいように思う。

猫耳のカチューシャに、首には鈴のついた赤い首輪。それに胸の先の部分だけくり抜いたように穴が空いているブラに、しっぽの飾りがついたガーターミニスカートとショーツ。それに薄手のストッキングという恰好だ。

身に着けているアイテムは、首輪以外すべて白色に揃えられていて、まるで白猫になったかのような気分になる。

どうして理人がこんなものを持っているのかというと――知り合いのミュージシャンのデビュー十周年記念のパーティーで、ビンゴ大会なるものがあったらしく、そこで当てたのだとか。

「誰かにあげないで持って帰ってきてよかったよ。まさか凪が着てくれるなんてな」

「っ……も、もういいでしょっ……そろそろ着替えたいんだけど」

「だめ。何のために着替えさせたと思ってんの。飼い猫になりたいって言ったのは凪だよ。最後までちゃんとなりきってもらわないと」

また扉の陰に隠れそうな私を捕まえ、理人はゆっくりとベッドに押し倒した。

「胸の先っぽ、全部出ちゃってる。いやらしい」

「やっ……ぁっ」

本来ならブラで完全に覆われているはずのその部分が、なぜかしっかりと露出している。

その部分を指先でピンと弾かれ、鼻にかかった掠(かす)れ声をもらしてしまった。

「どうしたの？　ちょっと転がしただけで、もう摘(つま)めるくらい硬くなったけど」

「ぁ、うっ……だってっ……」

「ほら、両方とも勃(た)った。見えちゃってるから、余計にやらしい感じがする」

そんなこと、言わないでほしいのに。

理人はまるで私の反応を愉(たの)しむみたいにして、羞恥心(しゅうちしん)を煽(あお)ってくる。

「もしかしたら、ブラしてないよりも卑猥(ひわい)な眺めかもな」

「あ、うっ……」

「舐(な)めてほしい？　そうだよな――こんなに先っぽ尖(とが)らせて、早く舐(な)めてほしいんだろ」

「んぁっ……！」

右の胸の先端が、温かい何かに包まれる。

先に生じたのは、じわじわと広がる快感。ワンテンポ遅れて、理人がその部分を吸い立てながら舐(な)めているのだと知った。

「可愛いよ、凪。えっちな服を着て、俺の愛撫に身を委(ゆだ)ねて……本当、可愛い」

理人は両方の胸の先を丁寧に愛撫したあと、満足そうに呟き、私の額(ひたい)にキスを落とした。

そして、私の片手を取ると、彼の下肢に導きながら、耳元で囁(ささや)く。

「凪は俺の飼い猫だろ？　それなら、ご主人のここ、気持ちよくできるよな？」

彼のスウェットの下で、彼自身が硬く張り詰めているのが伝わってきた。

理人のここを気持ちよくする――

普段、身体を重ねているときもそうしているのに、こんな風変わりなコスチュームに身を包んでいるからだろうか。

どういうわけか、緊張する。

ドキドキして、まるで初めて結ばれたときのような高揚感が、身体中を支配していた。

私は身体を起こすと、彼のスウェットのウエスト部分に手をかけた。

少しずり下ろせば、ボクサーパンツが現れる。もう、彼自身の形がありありとわかるくらいに盛り上がっているその部分に、どうしても目がいってしまう。

今からそれを、私が気持ちよくするんだ――

そう意識すると、ただでさえ早鐘を打っていた心臓が、そのテンポを加速させた。

ボクサーパンツもスウェット同様にずり下ろすと、もう私が愛撫する必要もないくらいに膨らんだ彼自身が顔を出した。

「舐めて。猫がミルクを舐めるみたいにさ」

私はベッドに座る彼の下腹部に顔を埋めた。彼自身に片手を添え、先端をちろちろと舌で刺激してみる。

理人の美しい顔が、快感で少し歪んだ。もっと余裕のない顔が見たくて、いろんな場所を舌先で攻めてみる。

根元の部分から先端に向かってゆっくりと舌を這わせたり、鈴口の部分に吸いつくように唇を動かしてみたり。

そのたびに切なげにもれる彼の声がセクシーで、扇情的で。舐めているだけなのに自分の身体が奥から火照ってくるのを感じた。

「ご主人様の、美味しい？」

「んっ、ふぁっ……」

彼はブラのカップから飛び出している、私の胸の先を指先で弄りながら訊ねる。

「どう？　……美味しい？」

「ぷはぁっ……お、美味しい、よっ……」

咥えたままでは答えられないので、一度彼自身を解放してから答える。

首元の鈴がリン、と涼しげな音を立てた。

「そうだよな。そんないやらしい体勢で舐めてるんだから――さぞかし美味しいんだろうと思ったよ」

「っ！」

……理人に指摘されるまでまったく意識していなかった。

私はいつの間にか、彼自身を愛撫するために顔を埋めつつ、腰を高く上げ、膝をついた四つん這いのような体勢になっていたのだ。

――まるで、本物の猫がそうするように。

「そろそろ、お前もほしくなってきたんだろ？」

彼はそう訊ねながら、私のお尻に手を伸ばしてくる。

そして、するりと撫でたあと、ショーツのクロッチ部分に指先で触れた。

「んんっ！」

思っているよりも大きな声を上げてしまい、自分でビックリする。

下着を身に着けているのに、指先の乾いた感触がしっかりと感じられる。

というのも、この下着には秘密があるのだ。

それは——クロッチの部分に大きな穴が開いていること。

つまり、下着を身に着けたままでもいろんなことができるようになっているのだ。

「舐めてるだけだったのに、ご主人様のがほしくてこんなになっちゃったんだ」

「やぁっ、言わないでっ……」

私の秘裂は刺激を求めて、まるで粗相をしたかのようにびしょびしょになっていた。

理人の言う通り、早くこれがほしい——そんなことを考えていたら、溢れてきてしまったのだ。

「いけない猫だな。こんなに濡らして」

「っ、はぁっ」

理人は小さく笑ってそう言うと、人差し指と中指の指先を、秘裂に押し込んだ。

「ぁああっ……！」

「ほら、舐めて。口は休めちゃだめだよ」

そんなこと言ったって、気持ちよくて他のこと、考えられなくなっちゃうのにっ……！

抗いたい気持ちはあったけれど、結局私は素直に彼の言うことを聞いて、彼自身の愛撫に専念した。

「いい子だ。えらいよ」

理人はそう言いながら、膣内に押し込んだ指を開いたり、クロスさせたりする。

時折充血した秘芽も摘んだりしつつ、私の欲望を確実に煽っていく理人。

指が違った動きをするたびに新しい快感が生じて、私の口からはしたない声が上がる。

――指だけじゃ足りない。

もっと、太くて大きなもので、膣内をかきまぜてほしい。

「はぁっ、理人っ……」

「うん？」

私はたまらず、愛撫を中断して顔を上げた。

「だめなのっ……これじゃ、指じゃ足りないのっ……」

「何がほしい？」

「何、って……それは……」

穏やかな声で促されて、どう答えればいいのか考えあぐねてしまう。

「もっと――大きいもの……。ナカがいっぱいになるような、たくさん気持ちよくなれるようなものっ」

「だからそれは、何？」

理人はあくまでそれを、私の口から言わせようとしているみたいだった。

焦れったさで、頭が沸騰しそうだ。

早くほしい。早く気持ちよくなりたい。

「理人のこれっ……私が舐めて大きくしたこれを、ナカに挿れてほしいのっ……早く挿れて、でないと、私……おかしくなっちゃうっ！」

大事なところがドロドロになるくらい待ちわびているのに、その瞬間はまだ訪れてくれない。

懇願すると、理人は私の頭を優しく撫でながら、耳元で囁いた。

「今はご主人様、だろ？」

理人の言葉が麻薬みたいに、私の頭のなかをじわじわと侵してくる。

「ごしゅじん、さまっ……」

「そう。俺は飼い猫の凪のご主人様だから——そうやってお願いしてごらん。できるだけ、俺がそそられるように、だよ」

早くこの欲望を満たしてほしい。気持ちよくなりたい。

その一心で、私は再び彼自身に顔を埋めながら、ゆっくりと言葉を紡いだ。

「はぁっ……今っ……わ、私がこうやって、舐めてっ……大きくしてるご主人様のこれをっ……私のナカに挿れてくださいっ……挿れて、気持ちよくしてっ、ご主人様っ！」

もう恥ずかしいなんて感覚はほとんど消えていた。

猫のコスプレ衣装だなんてぶっ飛んだものを着ているせいだろうか。

私は、目の前の掴めそうな位置にある快楽を得ようと、それだけに必死になっていたのだ。

「凪がそんないやらしい姿で、はしたない言葉を口にしてるなんて。……それだけで俺、かなり興奮してる」

「あっ」

理人は私の顔を上げさせると、ベッドの上に両手をつかせて、腰を上げるように指示した。

「猫の交尾は、後ろからだもんな――」

小さな声で呟くと、理人は私の腰を掴んで、後ろから一気に貫いた。

「ぁあぁっ……!!」

鋼のように硬い彼自身が膣内へと押し込められ、私は何も考えられなくなっていた。

「この衣装、やっぱり便利だな。着たまますぐに挿れられるなんて」

彼はそのまま、今まで抑えていた何かを爆発させるように、激しい抽送を始める。

首元の鈴が、そのリズムに合わせて単調な音を刻む。

「やぁっ、理人っ……もっと、ゆっくりっ……!」

「ご主人様、だろっ。それに、早くほしいって言ったのは凪のはずだけど」

気持ちよくなりたいと願ったのは、確かに私のほうだけど――こんな風に、いきなり力強く求められたら、快感を快感と認識しないままに、達してしまうかもしれない。

「お願いっ、ご主人様っ……もっとゆっくり、優しくっ……じゃないと、私、もうっ……」

身体の奥深くをゴリゴリと擦られるたびに、意識が飛びそうだった。

「イッちゃえば？　気持ちよくなっていいよ――たくさんイかせてあげる」

「はぁっ、やぁあっ……だめっ……ぁあああっ……!!」

背中を弓のように撓らせながら、私は激しい絶頂感に襲われた。

けれど余韻に浸る間もなく、私の身体は次なる高みへ向かって、また快楽を蓄積していく。

「あんっ、やああっ、ご主人様っ、強いのっ……だめっ、身体、支えてられないっ……！」

本来なら身体中の力が抜けてしまうところを、両手で必死にシーツを掴み、耐える。

「ここ触るとナカが締まる。感じやすい場所だから、気持ちいいんだろ？」

「あっ、やぁっ!!」

膣内を穿ちながら、理人は指先で秘芽を擦ってくる。

ただでさえ気持ちよくて我を忘れてしまいそうなのに、そんな敏感な場所を擦られたら――

一度達してしまった身体に、受け止めきれないくらいの快感がのしかかる。

「猫なら猫っぽく啼いてみろよ。にゃあって」

「やぁ……んんっ、にゃああっ！」

「あはは、それっぽいかも。もっと啼いてみせて」

私の啼き声をさらに引き出そうと、理人は抽送をさらに速めた。

「あ、あ、あっ……にゃっ、にゃあんっ！」

「すごくやらしい。……でも可愛い。好きだよ、凪」

「んんっ！」

理人はそう言いながら、私の首元に軽く歯を立ててくる。

「猫って交尾するとき、雄猫が雌猫の首を噛むんだって。どうしてか、わかる？」

「し、しらなっ……ぁ、ああっ！」

そんな問いかけをしている間も、私の身体を深く貫いている理人。

考える余裕もないままに答えると、理人はさらに奥まで腰を押しつけながら続けた。

「確実に妊娠させるため――雄猫が射精する前に、逃げられないようにするためだって。俺も、凪の全部を俺のものにしたい。俺の子ども、凪に生んでほしいっ……！」

「あ、んっ……あぁぁっ！」

首筋をきつく吸い立てられる。キスマークがついてしまいそうなほどに、きつく、情熱的に。

「もう出していい？　凪のナカに全部出したい。お前のナカ……俺でいっぱいにしたい」

切羽詰まった声音に、彼も絶頂が近いのだと悟る。

「うん、出してっ……私のナカにっ……たくさん、出してっ！」

こんな恥ずかしい台詞をスラスラ言えるなんて――

「凪、愛してるっ――俺だけの凪っ!!」

「理人、愛してるっ……ぁはぁっ……!!」

お腹の奥のほうで温かな何かがはじけた瞬間、私はもう一度絶頂に達した。

胸が上下するような激しい呼吸を繰り返しながら、私たちはふたりしてベッドに倒れ込む。

「……もう少し、凪を抱きたい」

――まだ飼い猫ごっこは終わらない。

彼の言葉にそう確信した私は、果たして最後まで体力が保つのだろうか……なんて心配が頭を過っていた。

◇

◆

◇

普段はクールを装っているくせに、実は心配性で、独占欲が強くて――そのくせ、私のことを誰よりも大切にしてくれる理人。

完全無欠のように見えるモデル兼俳優の彼も、ある一面では「その人大丈夫……？」なんて言われてしまう危うさを秘めている。それは否定しない。

けれど――そんなの関係ないと思えるくらいに、私は充実した、幸せな日々を送っている。

彼と夫婦としての生活を送っていると、だんだん友人だった日々のほうが意外に思えてくるものだから面白い。

私にとって理人は、今や完全に『夫』なのだ。その事実がくすぐったい気もするけれど、心地よくもある。


それからひと月後――

私たちは、ふたりで選んだ指輪を揃って取りに行った。

そこで私は、理人が私に内緒で指輪の裏に刻んだ英語のメッセージを見て感激する。

刻まれていたのは、『I'm really glad I met you.』。

『あなたに出会えて本当によかった』

――うん、そうだね。私もだよ、理人。

あなたに出会えて、友達になって――夫婦になれて、本当によかった。

その言葉を噛みしめながら、これから先、何が起きてもふたりで力を合わせて歩いていきたいと思った。

平坦な道も、アップダウンの激しいでこぼこ道も、理人と一緒だったら楽しく乗り越えて行けるだろう。

私は、左手の薬指に嵌めた、永遠に変わらぬ輝きを見つめて、そう確信した。

大好評連載中!
(毎月第2、4金曜日更新)
漫画 ミユキ Miyuki
原作 小日向江麻 Ema Kohinata
恋の代役、おことわり!
これなら誰が見ても入れ替わったってわからないよ!
ほらっ
さすが双子♡
飲んでみる?
俺に興味があるからでしょ?
ドキドキ
入れ替わりラブストーリーが待望のコミカライズ!
ETERNITY WEBMANGA
エタニティWEB漫画!
無料で読み放題!
他にも人気漫画が多数連載中!!
今すぐアクセス!
エタニティ Web漫画
検索

EB エタニティ文庫

装丁イラスト／相葉キョウコ

エタニティ文庫・赤

いじわるに癒やして

小日向江麻

仕事で悩んでいた莉々はある日、資料を貸してくれるというライバルの渉の自宅を訪ねた。するとなぜか彼からリフレクソロジーをされることに！　嫌々だったはずが彼のテクニックは抜群で、次第に莉々のカラダはとろけきっていく。しかもさらに、渉に妖しく迫られて……!?

装丁イラスト／gamu

エタニティ文庫・赤

誘惑＊ボイス

小日向江麻

ひなたは、弱小芸能事務所でマネージャーをしている25歳。その事務所に突然、超売れっ子イケメン声優が移籍してきた。オレ様な彼と衝突するひなた。でもある時、濡れ場シーン満載の収録に立ち会い、その関係に変化が……!?　人気声優と生真面目な彼女の内緒のラブストーリー！

※エタニティブックスは大人の女性のための恋愛小説レーベルです。ロゴマークの色で性描写の有無を判断することができます（赤・一定以上の性描写あり、ロゼ・性描写あり、白・性描写なし）。

詳しくは公式サイトにてご確認ください。
http://www.eternity-books.com/

携帯サイトはこちらから！

恋愛小説「エタニティブックス」の人気作を漫画化!
Mizu Aoi
漫画 蒼井みづ
Ayame Kaji
原作 加地アヤメ
EC
Eternity COMICS
誘惑トップ・シークレット
今すぐ食べちゃいたいくらい未散が欲しいんだけどいい？
ああんっ
ぷはっ
秘密の社内恋愛なんだから気を引き締めていかなくちゃ!!
年齢＝彼氏ナシを更新中の未散（みちる）、26歳。ある日彼女は、酔ったはずみで、社内一のモテ男・笹森（ささもり）に、いまだに男性経験がないことを嘆いてしまう。すると彼が「それなら俺で試してみる？」と誘ってきた！　おまけに、そのまま彼と付き合うことになったけれど、この関係は、会社では絶対秘密だと口止めされて!?
B6判　定価：640円＋税　ISBN 978-4-434-23760-7
蒼井みづ
加地アヤメ
誘惑トップ・シークレット
クールな上司の濃密な指導!?
エタニティCOMICS
会社では絶対ナイショのラブストーリー！

小日向江麻（こひなたえま）
東京都在住。2004年よりWebサイト「*polish*」にてichigo名義で恋愛小説を公開。「マイ・フェア・プレジデント」にて出版デビューに至る。

HP「*polish*」
http://www.polish.sakura.ne.jp/

イラスト：アキハル。

ヤンデレ王子（おうじ）の甘（あま）い誘惑（ゆうわく）

小日向江麻（こひなたえま）

2017年 10月 31日初版発行

編集－城間順子・羽藤瞳
編集長－塙綾子
発行者－梶本雄介
発行所－株式会社アルファポリス
〒150-6005 東京都渋谷区恵比寿4-20-3 恵比寿ｶﾞｰﾃﾞﾝﾌﾟﾚｲｽﾀﾜｰ5F
TEL 03-6277-1601（営業） 03-6277-1602（編集）
URL http://www.alphapolis.co.jp/
発売元－株式会社星雲社
〒112-0005東京都文京区水道1-3-30
TEL 03-3868-3275
装丁イラスト－アキハル。
装丁デザイン－ansyyqdesign
印刷－図書印刷株式会社

価格はカバーに表示されてあります。
落丁乱丁の場合はアルファポリスまでご連絡ください。
送料は小社負担でお取り替えします。

ISBN978-4-434-23900-7 C0093